復帰の日

Sawai Shigeo

澤井繁男

作品社

復帰の日

1

多田《ただ》周平《しゅうへい》が母親とともに、幼なじみでいまは結婚して勤め先の寮で暮らしている小島伸《こじましん》一《いち》を訪ねたのは、端午の節句を控えての頃だ。伸一は、周平と同い年の小島洋三《ようぞう》とその上の健二《けんじ》兄弟の長兄で、周平を含むみんなのリーダー的存在だった。

二人は生後一年にも満たない夫婦の子供にと、小体《こてい》な五月人形を土産に買い求めた。段々を作って飾り立てなくともよい置物に似せたもので、金太郎が鬼を退治しているのをかたどった人形だ。これが五月人形なのかどうかはわからなかったが、金太郎の勇ましい表情に二人は惹かれたのだ。

当時、周平は京都市にある名門私大同行社《どうこうしゃ》大学大学院に合格して博士課程の最後の年次に当たっていた。母の麻里子《まりこ》は故郷の札幌市に住んでいた。五月の連休で暇《ひま》が出来たので、周平と誕生したばかりの伸一夫婦の子供に会ってみたいと連絡を受けていた。

伸一たちの寮は京都と大阪のちょうど中間点にあたる枚方市《ひらかた》にある。

京都から京阪電気京阪本線の特急に乗って三十分ほどで枚方市に着く。以前特急は通過していたが、ダイヤが変更されて、特急の停まる駅の数が増えた。中書島《ちゅうしょじま》、丹波橋《たんばばし》、枚方市などが新規に加わって便利になったものの、始発の出町柳《でまちやなぎ》駅から終点の淀屋橋《よどやばし》駅までの時間が一時間近くかかるようになった。

周平が大学院に合格し、東京の下宿を引き払って京都に住むまえから、伸一夫婦は枚方で生活をしていた。伸一の勤務先は京都の四条河原町《しじょうかわらまち》にある大手の都市銀行だったので、たまに周平と昼食をともにすることがあった。周平も伸一夫婦の住む寮に土日をかけて泊まりに行き、妻の孝子《たかこ》の手料理に舌鼓《したつづみ》を打った。


手土産の人形を携えて枚方市駅で降りると、周平は勝手知ったる道とでもいうように、さっさと母のまえを進んだ。

「周ちゃん、もっとゆっくり歩いて」

髪に白いものがめっきり増えた母からの注文がまっすぐな声となって背後から突き刺さっ

た。

周平は振り返りながら歩度を落として歩き出した。途中宮根《みやね》ケーキ店でいつものようにアップルパイを買った。林檎《りんご》の砂糖煮が絶妙で上手《うま》いらしく、その店のアップルパイは人気でたいてい売り切れていたが、その日はまだ残っていた。運良く買えた日は、伸一の寮の一室で夫婦と分かち合って堪能したものだ。きょうは母も加わるからもっと賑やかな味わいになるだろう。


伸一は赤子を抱いて周平たちの来るのを待ちくたびれたような心持に見えた。

「久しぶりです、小母《おば》さん」

「伸ちゃん、それに孝子さん、ご無沙汰しています。いつも周平がお世話になって」

「いいえ」と伸一は応えて、ご覧下さい、この子です、と赤ん坊を母の目のまえに差し出した。

「可愛いわねぇ。お母さんそっくりね。男の子は母親に似る、っていうから。で、お名前は？」

「はい。ぼくと孝子から一字ずつ取って、伸孝《のぶたか》とつけました」

「そう、いいお名前ね」

母はすっかり子供にかまけている。

「上がり框《かまち》で、何ですから」と言う夫婦の声で周平たちは奥の和室に通された。

母は改めて懇《ねんご》ろな挨拶を交わした。子供の頃から知っている伸一にたいして、もう立派な社会人と認めて敬愛の言葉をかけたのだ。母の眼差しは、子供の頃の伸一の横顔を思い出すがごとく遠い記憶の襞《ひだ》をたどっていた。そこには伸一の兄弟や周平もまじってあの頃の思い出に支えられ、周囲に咲く花々さえ垣間見ることが出来ただろう。

「小母さん、いつまで関西に？」

伸一が尋ねた。

「明日には帰るつもりです。周平のアパートも見て、掃除もしたし、同行社大学も案内してもらったし、京北《けいほく》病院にも行ったし、こうして伸ちゃんにもお目にかかれたし、いい旅でした」

「伊丹からですね」

「ええ。そうそう、周ちゃん、あのお土産」

麻里子はそう言って周平の膝を突《つつ》いた。そうだった、と周平も改めて気づいた面持で、膝小僧のまえにある紙包みをテーブルの上に載せた。

「伸ちゃん、これ、端午の節句のお祝いです。母と二人で選んだものです。伸孝ちゃんの初節句ということもあって。さあ、開けてみて下さい」

「ほう、これはありがたい。初節句のことなどすっかり忘れていた、なあ、孝子」

「ええ、育てるのに精いっぱいで。夜によく泣く子なんですよ。わたしはいつも寝不足になってしまって」

「孝子さん、赤ちゃんは泣くのが仕事ですからね。我慢しなくちゃ」

「覚悟はしてましたけど、こうも頻繁になると。『こんにちは赤ちゃん』の歌詞が思い出されます」

母は歌の題名を聞き、びっくりした顔つきになって、

「よく知ってましたね、その歌を」

その問いかけに孝子が、母の疑問のほうが驚きだといった表情に一変して、

「ええ、わたしが物ごころつく頃に流行《はや》った曲ですもの」

「名曲ですよ、小母さん、あれは」

伸一が微笑みながら口添えし、それでは開けてみます、と包みをおもむろに開き始めた。

紙のざわつく音が数回高鳴って、なかから金太郎と鬼の人形が現われた。

「鬼退治ですね」

伸一がさっそく手に取って眺めながら愉快そうにつぶやいた。もともと左右の眉毛の間隔

が狭い伸一だが、それがいっそう縮まった。

「ありがとうございます。伸孝もうれしそうですよ」

孝子が人形のそばに赤子を寄せて、さあ、ご覧なさい、と声掛けをした。

「金太郎の鬼退治といったら……？」

「源《みなもとの》頼光《らいこう》の四天王のひとり、坂田金時《さかたのきんとき》の幼い頃の名前だよ」

周平がもっともらしく説明した。

「ああ、金時飴のあれだ」

伸一の反応に、周平は、ご明察と手をたたいた。

「いいものありがとうございました、小母さん」

「どこか、いつでも目に入るところに飾っておいて……」

「はい、そうします。ところで、周平は治療のほうはうまくいっているのか？」

伸一の問いに周平は大きく頷いた。

「そうか、それは結構なことだ。孝子、お茶を」

「そうでした」

孝子が伸孝を伸一にわたして、キッチンに立った。

金太郎人形を贈ってから、一か月して周平は伸一の寮に泊まりがけで出向いた。いつも食事をする和室に座って周平はちょっとした空虚感を抱いた。

金太郎人形がどこにも飾られていないのだ。あれっ、と思った。しかし、伸一夫婦にはなぜか尋ねられなかった。不思議に思いつつもいつものようにビールでのどを潤させてから夕食が始まった。

けれども不可思議さが先に立って落ち着いて食事が出来なかった。どこに置いてあるのか？　なぜ飾っていないのか？　周平は静かな室内に人形の息遣いが聞こえて来ないものかと耳を澄ました。だんだんと背中にアイロンを押し付けられているような、ひどく熱くて同時に惨めな感覚が萌《きざ》して来た。

寮の造りは2ＤＫで、和室のほかに人形をつねに置いて見られるところなどどこにもない。棄てたとはとても思えない。何らかの理由でしまっているのか。そうしたら、その片づける理由は何だろう？

周平はひとりで首を傾げた。

さらに一か月後、例のごとく伸一の住まう寮に、土日をかけて出向いた。いつもの部屋に座ってあたりを見わたしたが、やはり人形は見当たらなかった。なぜかと訊《き》きたかったけれど、きっかけがつかめなかった。翌日曜日、京都に帰るときも人形のことが心残りだった。

母と一緒に金太郎人形に決めたときのことが思い出された。周平は鬼退治をする金太郎の、緊張感がみなぎり、引き締まった両方の眉毛が気に入った。逆八の字型になって眉間に集中していた。伸一夫婦の第一子がこの金太郎人形のように強くたくましく成長してくれることを祈って買い求めた品だ。

周平は夏休みにだけ札幌に帰省した。正月を含めて冬休みや春休みには帰郷しなかった。その夏、彼は札幌の実家にいた。周平は父を早くに亡くしていた。三つ年下に弟の武彦《たけひこ》がいた。武彦は大学へは行かず、アルバイトで市営バスの料金箱の回収係りをしたのち、いまは幌南《こうなん》タクシーで運転手として働いている。武彦の話によると、市営バスではなかなか正規の職員には昇格させてくれなかった、という。幌南タクシーでもまだ臨時契約だとこぼしていた。

周平も大学進学だけが人生ではない、と大学院に進学してから悟った。文学部の院生はつぶしがきかないから、数すくない大学の専任職のクチを競うようになるだけなのだ。

札幌に帰っても、母や弟の日常生活が変化するでもなかった。武彦は夜勤がほとんどで、朝方に帰宅すると二階の寝室で眠りについた。お互い、すれ違いの生活だった。周平も友達と会うこともなく、日がな一日、ソファーに横になって昼寝ばかりしていた。家は借家で築三十年の年代ものだ。周平は終日家のなかに籠《こも》っていたが、湿気に富んだ木材の異臭に囲まれ、あたかも森林を闊歩している気がした。

そうした周平を見て、母が、たまには友達に電話でもして会ってみなさいよ、と半ば命令口調で言った。周平はその言葉に背中を押される感じで、二、三の友人に電話をしてみたが、全員に断られた。いちばん仲の良かった友だちにも拒否された。これにはショックを受けた。みな仕事で忙しかったせいもあるが、それにしてはにべもなかった。

ふと、金太郎人形のことが脳裡を掠《かす》めた。人形が周平に会うことを拒んでいるのではないか。周平が泊まりがけで出向くときだけ、人形はどこかに仕舞われてしまうのではないだろうか。

母に人形の件を言い出してみると、

「そうなの。伸ちゃんの勝手に任せておけばいいのよ」

素っ気ない返事だった。

「母さん、何か、訳を知っているんじゃないの?」

すげない返答になおのこと、疑問の念を抱いた。

「その言い方、何か変だよ。やっぱりあの人形には何かあるんじゃない、違う?」

母は気色ばんで、

「お人形は単なるお人形にすぎません。周ちゃんは穿《うが》ちすぎよ。悪い癖《くせ》だわ」

「そうかな。すっかりぼくのまえから姿を消してしまったんだよ。お土産であげた人形、それも伸孝ちゃんの初節句にだよ。何か変なんだ。母さん、伸ちゃんから、電話でももらっているんじゃないの」

「まさか。お人形のことくらいで、電話なんか……」

周平は肩をすくめた。母は人形の件に関心がなさそうなのだ。


次の年の春、伸一・孝子夫婦は、銀行側の要請で枚方市から大阪市内の住吉区我孫子《あびこ》にある寮に引っ越すことになった。そして今度は寮長の任に当たるらしいのだ。その寮は枚方の家族寮とは違って独身の男性寮で、家族持ちは伸一夫婦だけだった。独り身の銀行員には日々悩みを抱えている行員が少なからずいて、伸一はその良き相談相手にと、いわば本店から抜擢されたのである。ある意味で栄転なのだ。ときには孝子も話し合いに加わって、女性の立場から助け舟を出すのだという。

京都からはいっそう遠くなったが、いつものように泊まりがけでいくと、部屋数が増えていた。広くなったねぇ、と感慨深げに言うと、伸一が、

「二部屋、ぶち抜いて、ひとつにしたらしい」

すこし得意になって応えた。

「広いのはやっぱりいいものだ」

「そうだね」

こう応えながら、まだ西垣晶子《にしがきあきこ》との件を打ち明けていないことに気づくとともに、人形がどこかに置かれていないか、室内に目を走らせた。

やはり見つからない。どうしたっていうんだ？　転居したこの機会に尋ねてもよいのではないか。そう、いまこそチャンスに違いない。周平は伸一が相談室に向かっていなくなったときを見計らって、

「あのう、孝子さん、ぼくと母がプレゼントした金太郎の鬼退治の人形は飾らないの？」

「あら、あれは飾らない、ではなくて、飾れないの。知っているでしょう、その訳は」

周平は一瞬戸惑った。予想外の応えだったからだ。何を孝子は周平に告げているのだろう。その真意に皆目見当がつかなかった。理由をさがそうとすればするほど口のなかにひりひりとした渇きが生じた。

「孝子さん、その理由って何ですか。出来れば教えて下さいませんか」

「知らないの？」

「はい。まったく」

孝子は目をまるくした。

「小母さんから聞かなかった?」

不思議そうにつぶやいた。

「……何も……」

「……武彦君のことよ」

「弟がどうかしたんですか?」

「わたしたちもびっくりしたんだけど、武彦君、横領と背任罪で訴えられたの。警察沙汰になってね、小島の家《うち》のお手伝いさんが、地元の新聞の切り抜きをその都度送ってくれていたの」

寝耳に水だった。

「横領に背任って、具体的には?」

「記事によるとね、武彦君は市営バスの料金箱を回収する仕事を担当していたそうなの。それで、車庫に戻ってきたバスから料金箱を引き抜いて、営業所の所定の場所に箱から運賃を出して集めておくの。その集まった小銭や千円札をポケットに、という具合らしいわ」

「……そうですか。母は夏に帰っても何も教えてくれなかった……」

「それでね、お人形のことになるのだけど、伸一さんが言うには、小母さんにもその盗んだお金が知らぬ間にまわっているのではないかと察してね、そういうお金でいただいたかもしれないものは飾るにおよばないって」

「それで片づけた、というわけですね」

周平は肩を落とした。

「そうなの。てっきり、周ちゃん、知ってると思っていた」

慰めるように声を低めた。

「武彦のやつったら。あいつは中学生の頃から手癖が悪かったんです。こんどはバスの金に手をつけるとは。帰省しても、ぼくはほとんど外出しなかったから。誰かと会っていたら、そいつが教えてくれたかもしれない。そうか、それで誰も会おうとしなかったんだ。犯罪者の身内だから」

「でも、苦労したのは、小母さんよ」

「あの母《ひと》なら、きっと武彦をかばっただろうなぁ」

「北海道のテレビでも、その事件が武彦君の写真と一緒に放映されたんですって」

「まいったなぁ。そういえば、一年前、ぼくが京都に帰る日の朝に、武彦が取っときなよ、と五万円くれた――そのお金も盗んだお金だったかもしれない。断り切れずにもらったぼくもだらしがない」

「そのあとね、手が後ろにまわったのは。たくさん盗《と》ったのね。札幌から送られてくる新聞記事の内容もだんだん詳細になってきたの。伸一さんもあきれていたわ。わたしは武彦君のことはよく知らないから、何とも言えなかったけど、感心出来ないわね」

孝子は目を瞬《しばた》いた。

そこへ伸一が相談室から戻ってきた。孝子がすかさず、

「周ちゃん、武彦君の事件、知らなかったんですって」

「ほんとうか?」

声が上ずっていた。

「うん。いまさっき、金太郎人形のことで尋ねたら、教えてくれたんだ」

「てっきり、知っていると思っていたんだが」

どう言葉をかけたらいいのか迷っている。

「今度、帰ったら母に問い詰めてみる」

毅然として言い放った。

「小母さんを責めてもしかたないよ。もう済んでしまったことなんだから」

たしなめる口調になっていた。

「わかってます。悪いのは武彦のほうだからね。あいつがまだ中学の低学年の頃、三年生に

脅されて、わたすお金がなくて母の簞笥《たんす》の抽斗《ひきだし》からお金を盗んだことがあるんです。脅迫されたから仕方ないと言えば仕方がないんですけど、問題なのは、武彦自身に他人からつけ込まれる隙があるということなんです」

周平の言葉遣いが慎重になり、胃のなかに水銀が滴り落ちて来てそれが蓄積されていくような重圧感を抱いた。

「武彦は金銭にだらしない、というか、誘惑に負けてしまうのだろうか」

伸一が真顔で述べた。

「たぶん。でも、こんな話があるんです。生まれたときに、そういうことが好きな母は、名前の画数を視る方に頼んで、弟の名前をつけてもらったんです。ぼくの周平という名前もその占いの先生が名づけ親なんです。武彦の場合、母が言うには次の点に充分注意をするようにと釘を刺されたらしいんです」

「で、その注意事項とは？」

夫婦が身を乗り出してきた。

「漢字にはそれぞれ、火性とか水性とか金性だとかいった、隠された五つの特性があるそうなんです。ぼくの場合は、多田周平で金土金土《かねつちかねつち》、といった具合に金性と土性のバランスが整っているらしく、大金持ちにはならいけれども、生涯、金銭には苦労しない、ということでした。武彦はそうではなくて、金《かね》土《つち》金《かね》金《かね》となり、金性が三つもあってお金の問題が一生ついてまわって難儀するらしいんです。あいつに金銭問題が起こると、いつも、母の言っていたこの組み合わせのことが脳裡をよぎるんです。盗んだお金で道内を旅行したこともあったんです」

ひと息に喋り終えた。胸の痞《つか》えが取れた気がした。

「なるほど。その先生の見立ては当たっていたということだ」

「何でそうした組み合わせの名前を安易につけたのかわからないけど……。父も母もどうかしてます」

「でも、その路線を確実に武彦は走っているんだから、ある意味で名前にたいして正直だよな」

皮肉に聞こえたが、正鵠を射ていた。

「そうですね。これからの人生もその見立て通りになってゆく――そう考えると気の毒なやつだと同情してしまう。しかし、お金の問題に関しては兄として何もしてやれないし、するつもりもない」

「そうだな」

伸一が相槌を打った。孝子も頷いた。

「ところで、武彦はいまどんな仕事に就いている？」

「タクシーに乗っています。幌南タクシーです」

「そうか、出直しをしてるんだ。今度こそ、何もなければいいがな」

「はい。でも、危ない気がする」

周平は嘆息した。

「そういえば、減塩醬油買っておいたわよ。これで六本目だわ」

「これはありがたいです」

人工透析を受けている周平にとっていちばんの敵は塩分なのだ。塩分が体内に蓄積するとのどが渇いて水を飲みたくなる。すると今度は水分が体内に溜まってゆく。もう自然に尿が出ないからだになっているので、手や顔に水が蓄積してぶよぶよになる。減塩醬油という配慮は、だからうれしかった。

透析導入時にまっさきに枚方から京北病院まで駆けつけてくれたのも小島夫婦だった。

夏休みに帰省すると、さっそく母をつかまえて武彦のことを問い詰めた。武彦は相変わらず夜勤だったので話す機会すらなかった。

「伸ちゃんから聞いたんだけど……ほんとうなの」

母はとたんにつむじを曲げたような顔つきになって横を向いた。

「洗いざらい聞かせてほしい」

「もう済んだことだもの。思い出したくもない」

「ぼくに隠し立てしておいて、それはないでしょうが」

周平は頑として拒む気配の母ににじり寄った。

「いつ、発覚したの？」

するると母が周平の目を鋭くにらみつけて、

「周ちゃんが大学院に進んだ頃よ。料金箱の集金額の集計がおかしいことに上司のひとが気づいて、武彦の行動を見張っていたの。そうしたら、あの子が、白昼堂々と料金箱のお金を掻き集めてズボンの後ろポケットに押し込んでいた。それで、上司の方が武彦を取り押さえて、言ってみれば、現行犯のまま警察に突き出された、という訳」

「そうか。警察に捕まってからどうなったの？」

「市営バス側は告訴すると言ってきたんだけど、わたしがそれだけはやめて下さい、と頭を下げてお願いしたの。お金は全額、お返ししますってね。示談にしてもらった」

「こちらのテレビでも顔写真が流れたというじゃないか」

「それはね、盗んだ額が膨大だったからよ。見つかるまで平然とやっていたのでお金のほうは積もり積もって四百万にもなっていた」

　苦い思い出を語るうちに、母は涙顔になっていた。

「それで、その四百万はどうしたの。まさか、いっぺんに返したわけじゃないでしょう」

「示談でね、毎月一定の金額を返却することで合意してね、武彦が返している」

「……あのね、母さん、示談、示談と言っているけど、タケの犯した罪は、横領罪と背任罪に当たるんじゃないの。それが示談で済むとはとても思えない。示談とはほとんどの場合、民事上の件について取られる処置だよ。タケのは刑事事件ではないの？　何か隠しているでしょう」

　母はにわかにむっつりと押し黙り下を向いてしまった。

「周ちゃんにはかなわないはね。……その通り、武彦は市当局から訴えられたの。全額すぐに返却すれば、そういったことにはならなかったんだけどね。母さんには返すお金がなかった」

　涙声だ。

「やってしまったものは仕方がないよ。それで裁判になったの？」

「ええ、横領罪と背任罪で訴えられて書類送検されたの。辛い思いをしたわ。わたしも証人喚問されて、証言台に立ったのよ」

「何を訊かれたの？」

母はさきほどから周平の目をまともに見ていなかったが、この返答の折りには、まっすぐの視線が息子を射抜いた。

「何を尋ねられたかは忘れたけど、わたし、嘘をついたことだけははっきりと覚えている」

「何を質問されたかすっかり忘れてしまったというのは不思議だけど、まあ、百歩譲って認めることにして、どういう嘘をついたの」

「それは、武彦の手癖についてだったわ」

「何だ忘れていないじゃん。タケのやつの手癖に関してなら、小さいときから今回の事件まで一貫して悪い。それにたいしての嘘というなら、手癖の悪さはなかった、という偽りの回答をしたわけだ。つまり、魔が差しての横領だと取り繕ったんだね、母さんは」

「そうよ。だって、ふと悪いまよいが生じた、とでも言わなければ、監獄行きだもの」

「そんなに大袈裟に考える必要はないよ。初犯だから、実刑でも執行猶予がついて釈放されたさ」

「そう。そういうふうに事が運んでね。ほっとしたわ。禁固一年で執行猶予三年の判決が下りたのよ。でも横領したお金は一定の期間内で返すつもりで行きましょう、と武彦と相談した訳。武彦にきっぱりと言ったわ。『盗んだ罪は背負わなくてはならない。これから、おまは十字架を背負って歩いていくことになったのよ」と諫《いさ》めておいた」

「母さん、あくまでぼくの考えだけどね、残念ながらその言葉は通じていないと思うな。タケクシー会社でまた何かしでかすよ』

周平は思うところを率直に述べた。

「そんな、無体を言うものじゃないわ。実の弟よ、あなたの」

母はむっとした。

「そうかなぁ。手癖の悪さがそんなに簡単になおるとは思えないけどね、ぼくには」

母は言葉に詰まった。武彦のこれまで犯した過ちを思い返しているふうにうかがえた。

「……実は、母さんも返済を手伝っているの。どう思う？」

「やっぱり、そうなのか……。タケのことを心の底から心配しているなら、支援はしないのが道理だと思うよ」

「でも、月にして十万の返済だからねぇ。武彦の給金ではまかないきれないのよ」

「どういう事情であれ、ぼくは反対だ。だから、母さん、昼も夜も働いているんだね。そして手持ちのお金に不自由していたから、ぼくが入院したとき、駆けつけてこられなかった。やっと、その訳がわかったよ」

詰問した。

「そうよ、手許不如意だったわ。そして十万のうち、武彦に半分の五万でも援助出来ればと思い立ってね。昼はラブホテルの清掃、夜は日本料理店の仲居、といったところよ」

「全然わかっていないね母さんは。あきれるよ。伸ちゃんに顔向け出来ないよ。返済金援助がタケの更生を阻《はば》んでいるのに気がつかないわけ」

母は黙りこくって顔をゆがめ視線をそらし天井を見上げた。

「おまえにはわからないのよ。親の気持なんぞ」

宙に向かってきっぱりと言った。

「タクシーの運転手といったいまの仕事だって、いったい何年保《も》つか。また何らかの金銭トラブルを起こすだろうなぁ。あいつのことだから。それにしても、四百万、何年で返せるの？」

「一か月十万で、一年で百二十万。もう返済が始まっているけど、まだ二年以上はかかるわ」

「ずっと、助けてやるわけ」

「そうよ、決まってるじゃないの。周平には迷惑かけないんだから、いいじゃないの」

平然としている。

「そういう問題ではないと思うけどね。ま、こっちは人形をいつの日か飾ってくれるのを待つだけだから。伸ちゃんには示談におよんだと伝えておくよ。月十万は内緒にしておくけどね」

「ありがとう。せっかく買ったお人形だものね。伸ちゃんは子供の頃から正義感の強い子だったけど、自分に子供が出来てからも同じなのね」

「……まさか隠してしまうとはね。そこまでするとは思いも寄らなかったな。でもその理由がわかってよかったよ」

周平は深い闇のなかに投げ込まれて息苦しくもがいている自分を、もうひとりの自分が醒めた目で見ているような気分だ。普段疎遠な弟でも身内として受ける傷の大きさにたじろぐ一方だ。

「時と場合によるけど。今回の事件についても、いっさい弁解は出来ないもの。武彦がこころの底から反省してくれるのを望むだけ」

母はそう告げて、じゃ、夜のお仕事に行ってくるわね、と言い置いて玄関へと向かった。

2

カ

『同行社文芸・一九八四年秋季号』

多田周平

多田周平はワープロが上手に出来ずいつも時間がかかって、その分、もったいなく思っている。それで原稿用紙で書いたものを、べつのひとに打ってもらうことにしていた。目下その作業を担ってくれているのは、同じアパートの二階に住む三谷千夏《みたにちか》だ。彼女を紹介してくれたのは管理人の上村登美《かみむらとみ》で、彼女はアパートの住民のことにあれやこれやと通じていた。三谷を引き合わせてくれたのは、彼女が専業主婦でありながら子宝にまだ恵まれず、一日中、暇を持て余しているのを知ってのうえだ。

三谷は快く引き受けてくれた。四階の周平の住居まで、気軽にこられるから気楽な請負だったと思われる。それに、ワープロの操作に長《た》けているとのことだ。

はじめての日、周平は、机の隣に置いてあるワープロに向かって腰かけている三谷に、打つのにかかる日数を問い、また報酬の話をした。手書きで四百字詰めの原稿用紙を使用しているから、単価は原稿用紙一枚、百円とした。だいたいが論文だったが、周平は情けないことに、本文の文章に「註」を添えられなかったのだ。もしその技術があってブラインド・タッチが出来るのなら、他人にお願いしないで済んだだろう。日数は、仮に五十枚だとしたら一日で仕上がると三谷はかなり強気に応じた。

彼女はすらっとして背が高く、髪を引っ詰めており、それが容姿に絶妙な釣り合いを施していた。肌からは春の息吹が漂ってきそうな芳醇な気韻が湧き出ていた。結婚している女性の艶っぽさが全身にみなぎっていて、滑らかな肌は静止した湖水のようだ。周平はうっとりとその横顔を眺めて、やおら口を開いた。

「三谷さん、下の名前は何ですか」

三谷は周平を見つめて、

「千夏、です」

「千夏？　千に、『佳品』や『佳作』の『佳』ですか？」

「いいえ、季節の『夏』です」

「……夏、そうですか……」

周平の眼差しは三谷の斜め上に伸びて漂った。ある想いが胸を締めつけた。

「三谷さんの、千夏というお名前は、ここだけの話ですが、ぼくが半年ほどまえにつき合っていた女の人と同じ文字なのです。そのひとは、南千夏、と言いました」


南千夏は周平が都《みやこ》予備校で非常勤講師として世界史を教えていたときの教え子だ。都予備校は京都市内にある大手の予備校とは違って、少人数制を維持していた。クラスの数もすくなく、それも主に私立大学向けの文系二組、理系一組、それに国公立大学向けのクラスが文系のみ一組あるだけだ。

二十七歳の周平は、十八、十九歳の生徒と歳の差が十歳にまでいたってなく、生徒にしてみれば兄貴分的な存在だった。世界史の授業は全校合同でなされるが、日本史の受講生よりはるかに数がすくなく、それに座席表が教卓の上に貼ってあったので、生徒たちの顔と名前をいつのまにか覚えてしまった。というのも、毎回講師が点呼方式で出欠を取り、授業も一方的にはせず、生徒に質問をぶつけて回答を待つ、という親密度の高い、少人数制の利便性を活かしたものだったからだ。

五十人ほどの生徒を見わたして解答を耳にしているうちに好みの女子生徒が出来てくる。南千夏はそうした生徒のひとりなのだ。南の番になると、回答が難しくて時間のかかる難題を故意に出した。彼女は周平の表情に目をやったり、テキストの頁をめくったりしながら、懸命に応えようとした。その姿に周平は気を惹かれた。

美人というのではなかった。どちらかと言えば、個性的で知的な風貌をしていた。左右の眉毛の位置がほどよい間隔で並んでおり、目が多少とも吊り上がっていたが、それが人相を悪くしているのでなく、逆に、ひとつのアクセントとなっていた。片耳を髪で隠さず、たまに垂れてくる髪を手で掻き上げていた。当てられて応えるのに窮するときには、ひたすら周平をねめつけた。周平にはそれが快感でもあった。彼も千夏をまっすぐに見返した。

目と目が合うこと――これ以上に好感を伝え合う術はなかった。

予備校生とはおおかた一年間のつき合いだ。都予備校で二浪をする生徒は皆無と言ってよい。二浪するとすれば、もっと格上の京阪予備校に進むのが定番となっていた。都予備校には各クラスに担任が配されていた。事務ではなく教務係のひとたちがいて、生活面や学習面の指導に当たっていた。講師控室も教務室と壁ひとつで分かたれており、彼らはよく講師に話しかけにやってきた。

そのような雰囲気のなか、生徒たちも気軽に質問のため控室に入ってきた。千夏もよく周平の許を訪れた。周平は意図的に答える時間を引き延ばした。


錦秋の頃、いよいよ本番が目の前に迫ってき出すと、生徒たちの目つきも変わった。講師のほうも授業に熱が入った。

そんなときだった、周平が体調を崩したのは。

半月前から、倦怠感に襲われ食欲も落ちて、たまに水を飲んだだけでも嘔吐する折りがあった。夜中には必ず小用に立たなくてはならず睡眠が満足に取れなかった。朝、起きがけに脹脛《ふくらはぎ》をつるときもあった。悲鳴を上げるほど強烈な疼痛が下半身を射抜いた。

暗黒の淵《ふち》に身をさらされている。得体の知れぬものが無言のままじりじりと周平に魔の触手を延ばしている。その訪れを息をつめて待つしかないのか。周平は身心がぬめぬめしたものにだんだんと絡め取られて行くような感じに見舞われた。

十二月に入ったある朝、脳裡がしびれ愉楽の針が走り抜けた。すっきりした感覚を抱いたものの、下着に目をやると体液に混じって血痕が布に染みていた。あっ、と思って、性器の裏表を調べてみた。特段、異状は見当たらなかった。それでも、からだの一部はある種の響きをともなって苦渋を訴えているかのようなのだ。

そこで周平は、目覚めてすぐ、己を試してみようと所作を試みた。しかしそれはまさに蛮行だった。いくらしごいても昂揚しないのだ。腰を前後に振りながらいちばん感じやすい先端部分の裏側をこすっても、軟弱に垂れ下がってしまう始末なのだ。汗が額ににじみ出てきた頃、ようやく体液が敷いてあるティッシュペーパーの上にじわりと流れ落ちた。

周平は目を丸くした。黄土色の滴《しずく》のなかに鈍くかすんだ紅色の塊《かたまり》が染みのように沈着していた。血が固まったものだとピンときた。どこかに、それも睾丸の内部に傷でもあるのだろうか。とたんに背筋が凍りついた。医者に診てもらわなければいけない、という思いが強く胸に萌《きざ》した。気持が揺らぎ、心の底がささくれ立った。

性病科か泌尿器科かのいずれかを受診すればいいだろうと思い、ツンドクだけだった分厚い電話帳を引っ張り出してきて、頁を繰った。三条《さんじょう》柳《やなぎの》馬場《ばば》西入《ニシイ》ルに、立花泌尿器科・性病科というクリニックが大きく掲載されていた。京都の中心街だが、柳馬場なら閑静な裏街でひと通りもすくないはずだ。ここにしようと周平はさっそくアパートをあとにした。なんとなく自転車で行くのがはばかられたので、バスと徒歩にした。

立花クリニックの待合室には患者がひとりもいなかった。朝の九時をまわっているのに医院も、診療科目によって受診するひとの数が違うものなのだろう。

周平はすぐに呼ばれた。

おはようございます、はじめまして、と挨拶すると、あろうことか医師は肘をつきながら週刊誌に目を投じていた。そしてくぐもった声で、

「おかけください」

読書を中断して、腰かけようとする周平を舐めるように見た。それは鼠《ねずみ》を狙う猫のような視線で、ぎょろりとして気色悪かった。

「どうされました？」

視線とは打って変わって温和な声だ。周平は黒々とした毛髪の立花医師をじっと見据えながら、これまでの経緯《いきさつ》を率直に打ち明けた。

「それで、その体液はお持ち下さっていますか」

「……いいえぇ」

応えると、医師は周平の背後にたたずんでいるナースに何か目配せした。と同時に口もとが緩《ゆる》んだ。

「多田さん、やはり、顕微鏡で液を調べてみないと原因はつかめませんので、いまここで、出して下さいませんか」

「……いま、ここで、ですか？」

「はい、処置室にご案内いたしますから、そこで」

夢精もし、先ほどもあんなに苦労して絞り出した液を時経ずしてまたここでとは……周平は始める前から精根つき果てた徒労感に陥った。生ぬるい湯にむべもなく浸《つ》からされているようだ。この処置に釈然としなかった。

「さあ、こちらです」

周平ほどの背丈のナースが処置室へと優しく周平をいざなった。そして尿検査のときに使用する紙コップを手わたした。

「先生とわたしは診察室でお待ちしていますから、よろしくお願いいたします、ね」

媚《こ》びるようだ。その彼女が音させて扉を閉じると、周平はしなだれた柳さながらにズボンと下着を下げ、腰を下ろして性器を強く握りしめた。臀部《でんぶ》に床のピータイルの冷たさが這い上がってきた。目の前には紙コップ。ティッシュペーパーではなかった。

掌《てのひら》でしごけ、ということなのだろうか。

気力が湧いてこなかった。骨と肉がともにそがれて握っている手だけになっている。果たして出せるものかどうか。背筋を伸ばして摩擦を繰り返した。そこに力が満ちることはなかったが、ある程度までは硬くなった。頭部を撫でまわしながら腰を前後左右に振った。目の前がぼんやりしてきた。息が荒くなった。歯を食いしばり顎をぐっと上げて天井をにらんだ。先刻のナースの裸体を想像した。

そのとき、とろんとした体液が採尿コップのなかにじんわりと垂れた。何の悦楽も生じなかった。苦し気に吐息をもらしている自分がいた。自分のなかに深く根づいたものをやっと排出した、という負の達成感が芽吹いた。

おそるおそるなかをのぞいてみた。やはり紅色の斑《まだら》が滴の内側に浮いている。いつのまにか額に汗がにじみ出ていた。すっかり顎を出した状態だ。立ち上がりながらゆっくりと下着とズボンを戻して、コップを拾い、扉をあけた。

「……なんとか、採取出来ました」

やっと告げると、ナースが醒めた目つきでコップを受け取って医師に見せた。

「ほう、おっしゃるとおりですな。血の塊ですよ、これは。さっそく調べてみましょう」

医師はカウンターに置いてある顕微鏡に向かった。コップをシャーレに傾けている。

しばらくして、

「……多田さん、特段、所見は見当たらないです」

振り向きざまに言った。

「では、なぜ？」

「そうですね。……止血用の静脈注射でも打っておきましょう。それと念のために、血圧も計っておきましょう。君、頼むよ」

ナースが注射と血圧計を準備し始めた。そのあいだ、周平は居ても立ってもいられない、放置された心持だ。止血の注射で出血は治まるだろうが、出血の原因が不明なままの対処療法に我慢がならなかった。病根がわからぬほど恐怖感に苛《さいな》まれることはない。

「最初に、血圧からにしましょう」

ナースが周平の二の腕に管のついた布を巻きつけた。しゅ、しゅ、と布が一定の間隔を保ちながら絞られて空気が送り込まれてくる。腕がきつく締めつけられる。彼女の目は水銀の上昇を追っている。

やがてすっと空気が抜けていった。

「二二〇、一〇五。高いですね」

「……二二〇？　そんな莫迦《ばか》な。血圧には自信があるんです。もう一度お願いします」

彼女は繰り返した。周平は息を深く吸い込んだ。

「また、上が二二〇で、下が一〇五です」

ナースが医師に数値を伝えた。医師は額に皺《しわ》を寄せた。視線が鋭利になった。

「多田さん、この値は異常です。何か心当たりはありませんか？」

「いいえ、べつに、これといって。……あっ、下痢や食欲不振や夜中に小用に立つことが増えてきています」

「そうですか。要注意ですね。たぶん、内臓のどこかが冒されているんだと思われます。精液に潜む血塊はおそらく毛細血管が切れて出血し、固まったものだと思いますね。高血圧に細い血管が耐えられなくなったんでしょう、きっと。いま、紹介状を書きますから、同行社大学付属病院の内科の中田先生が外来のときに受診なさってください。君、止血の注射を急いで」

早口に言った。のんびりしていたこれまでの態度とは打って変わっていた。周平は流れ作業に似た処置を、皮膚の内側を剝《は》がされたような仕打ちと感じた。

ナースはゴムのバンドで二の腕を縛って、肘の内側に触れて静脈をさがし当てると、ゆっくりと穿刺《せんし》して黄色い薬を注入した。

「それで、一応、出血は止まるでしょう。そうだ、病院に訊いてみましょう」

立花医師は言い終えないうちから、番号をプッシュしていた。話は筒抜けだ。

「わかりました。これから向かわせますので、よろしくお願いいたします」

受話器を置いた。

「多田さん、中田先生の外来は今日の午前中とのことです。これからすぐに行って下さい。

よかった。あなたは運がいいですよ」

　何が何だかわからないうちに話がひとり歩きし始めていた。

　立花医師が握っている、そのペン先をじっと見つめながら、今後起こるであろう、たぶん煩雑な事柄を想い描いていた。これは容易なことではないに違いない。

「多田さん」と立花は封筒に紹介状を入れながらこちらに向き直った。「入院は覚悟していて下さいね」

「えっ？　はい……」

「それではこれを持って、いますぐ同行社大学付属病院に向かって下さい」

　封筒を受け取った周平は席を立った。受付の女性が手っ取り早く会計をしてくれたので支払いを済ませ、タクシーを拾おうと外に出た。


　病院の待合ロビーはひとであふれかえっていた。

　初診の書類に記入して紹介状とともに受付に提出した。そして内科のプレートが掛かっている所で運よく見つけた空席に腰をかけた。

　内科の診察室は四部屋あってそれぞれの扉に担当医師の名前のパネルが貼ってあった。その上に患者の診察の進捗状態を示す、三十分刻みの電子パネルが掲げられていた。周平がもらった診察カードには「十二時三十分・E」と記されていた。

あくびをしたり週刊誌の頁をめくったりしている患者たちの表情を見わたしながら、無言のまま座っていると、とつぜん名を呼ばれた。もう診察の順番が来たかと立ち上がって返答をすると、ナースが周平を見つけて近づいてきた。

「多田さんですか。中田先生宛てに紹介状をお持ちの方でしたね」

「はい」

「これでお小水を取ってください。採尿したら、トイレのなかに小窓がありますから、そこからなかに入れて置いて下さいませんか。それが済んだら床の赤い線をたどって、採決室に行って採血をお願いします」

目のまえに採尿コップが差し出された。今度は尿か、と思いつつも素直に受け取って、指定されたトイレへと向かった。床には赤や緑や青や黄色の線がペンキで描かれている。

尿が出すぎて紙コップからあふれ出そうになったので半分ほど棄てて、小窓のなかに差し入れた。それから赤い線の上を歩いて採血室に向かった。

ロビーに戻ってくると、先ほどの席に他のひとが腰かけていた。ほかに空いている席が見当たらなかった。周平は中田とネームプレートのある厚手の防音扉の横の壁にもたれかかって待つことにした。たぶん、いちばん最後に呼ばれるだろう。

待つこと二時間、もう時計は午後の一時に近い。壁に腰が当たって痛みが生じている。そのとき、「多田さん、三診にお入り下さい」という男性の声が響いた。中田医師の声だろう。周平は三診と記されている、目の前の扉を横に引いてなかに入った。扉が重たかった。

「はじめまして。多田周平と申します」

挨拶すると、胡麻塩頭で温厚な表情の中田医師が、どうぞ、と言って丸椅子を手で指した。腰を下ろすと、開口いちばん、

「多田さん、採尿と採血の結果ですけど、これはもう二進《にっち》も三進《さっち》も行かない状態です。よくぞここまで……」

医師は言葉を詰まらせた。そしてひと呼吸おいたあと、

「血がまじっています」

「血、ですか？　尿は赤くなかったですが」

「いえ、その『血』ではありません。腎臓で濾《こ》されるべき毒素が尿に混じっている、という意味の『血』です。血液検査のデータも生死ぎりぎりの値です」

「生死ぎりぎり？　ということは？」

「立花先生からの紹介状にありました出血と高血圧は、いま行なった検査を裏付けるものです。大学院生で知識がおありなのにこんな瀬戸際に陥るまで放置しておくとは、何というこ

とです」

中田は憤りを露わにした。周平は戸惑った。

「これは人工透析を導入しなくてはなりません。そうすれば、出血も高血圧も改善されるでしょう。お住まいはどこですか」

聞き耳を立てるように上体を周平に寄せた。

「一乗寺《いちじようじ》です」

「左京区ですね。それならお住まいから近い上高野《かみたかの》の私立京北病院の透析科をご紹介しましょう」

そう言うと中田は手帳を開いて電話番号を見つけると受話器を握った。

周平はこうして京北病院の透析科の松本英治《えいじ》医師の手に委ねられることとなった。すぐに胸のレントゲン、眼底撮影、採血、尿などの検査を受けた。

それらが済んだあと、診察室で松本医師が所見を告げた。

「多田さん、あなたの左右の腎臓は二パーセントしか機能していません。これが二十パーセントなら問題はないのですが。二パーセントだと、あと保って一か月半のいのちです。からだ、けだるくないですか。下痢はしていませんか。血圧はどうです？」

松本医師は畳みかけるように訊いてきた。

「はい。からだは動かすのもおっくうですし、下痢はいくら下痢止めを服《の》んでも止まらないです。食欲もありません。血圧も、なぜか、下が百台で、上が二百を切らないんです。血圧には自信があったのですが。それに」

「何ですか」

「目のまえに白い斑点みたいなものが見えるんです」

松本は、そうでしょう、といった顔で、広い額に手をやって髪を掻きあげながら、

「それは、眼底出血で、多田さんの場合、失明寸前のところまで来ていました。ご覧くださ い、眼底検査のフィルムです」

松本は周平に、A5サイズのモノクロの写真を差し向けて、見て下さい、この斑点の多いこと、と粘《ねば》り気のある低い声で言った。

「……これは……ひどい」

周平は腰が抜けた。言葉が続いて出てこなかった。融けた蠟《ろう》のように自身のかたちを失ってゆく。

「心臓のほうも危機一髪でした」

松本は「心胸比《しんきょうひ》」なる聞き覚えのない術語を用い、その言葉の意味を説明せずに、心臓

が心膜のなかで多量な水に浮いた状態で、心臓じたいも厚切りのハムくらいの大きさに拡張しており、同情したくなるほど懸命に収縮を繰り返している、と事務的に述べた。

その声に周平の内奥はいびつに変容し、何か末恐ろしいものをこらえるのに懸命だった。

「現代の医療では、腎臓移植か透析しか、生命の維持は出来ません。移植はまだ普及していませんので、透析治療を受けていただきます」

脅すような物言いだ。医師とはかくも露骨、いや露悪に語るものなのか。周平は困惑しながらも、

「は、はい。……それで何ですが、死ぬとしたら、どういう状態で息を引き取るでしょうか」

松本は視線を宙に泳がせ、ひと呼吸おいてから、すでにそうした質問への回答は用意万端整っているかのごとく、

「助かるから申しますが、苦しんで苦しんで、息絶えます」

「そうですか……それで、そのトウセキとやらを受ければ、眼底出血も下痢も高血圧も治り、いのちも助かるのですね」

苦しんで苦しんで、に驚きを隠せない心持のまま呂律のまわらない体《てい》で率直に問うた。

「ええ。もと通りになります。これからさっそく、透析導入と行きましょう。今日ははじめ

てですから、普段四時間のところを二時間半にして行ないます。溜まっている水分を抜きます。いわゆる毒素、ゴミも取ります」

松本は言い終えると電話をかけた。相手は透析室のようだ。

「今後、多田さんは、この治療を一日おきに週三回受けなければ生きてゆけません。旅行など、この病院を離れづらくなりますが、いのちあってのものだね、とご理解ください。これは、医師としてのたっての願いです。まず、五階の病棟に入院して連絡を待っていてください。透析についてはおいおい、お話ししていきます」

この日から周平は京北病院の五階の内科病棟に入院しながら透析治療を受け、本復したら自宅から週三回の通院透析に通うことになった。

医師の話を聞いて五階に行こうとすると、診察室の外に車椅子が用意されていた。つき添いのナースが控えている。周平は自分が車椅子で移動しなくてはならないほどに体調を崩しているのかと知って、ひどく驚いた。と同時に、からだにたいしての認識の甘さに自嘲すら禁じ得なかった。靴を左右はき違えたときのようなちぐはぐした感覚のなかで、自分が置かれている状況がようやくわかり始めてきた。

エレベーターに乗るまえに、周平はナースに電話をかける許しを乞い、エントランス横の公衆電話から小島夫婦に電話をかけて事の経緯を知らせることにした。電話口に出た孝子は不意の出来事にたじろいでいる様子で、いのちにかかわる重態なのではないかという懸念を示した。周平は「トウセキ」という治療を受ければ危険は回避出来るそうだから、孝子の心配が杞憂《きゆう》に過ぎないと落ち着いた口調で述べた。孝子は一応納得して伸一に必ず伝えると言って受話器を置いた。

五階の病室のベッドで静かにやすんでいると、しばらくしてナースがまた車椅子で迎えに来て、二階の透析室に降りた。「透析」という漢字の組み合わせをはじめて見た。何となく、これから受ける治療の内実が垣間見えてきた。それは化学の一端、たぶん濾過《ろか》や浸透圧の原理を用いる治療だろうと推測された。周平はカウンター近くのベッドに横たわった。

松本医師とキャップに黒い線が入っているナースがやって来た。松本が、

「これから、腕の中枢を流れる動脈に直接穿刺をし、次に表層の静脈に刺します」

と断って慎重に動脈をさがし始めた。左腕を何度もさすって穿刺場所をうかがった。周平は身が縮む思いだった。足の指先まで張り詰めた感覚が走った。やがて鈍い痛みがじわっと萌した。松本医師の吐息がかすかに聞こえた。

「うまくいきました。次は静脈に穿刺します」

「……………」

周平はなす術《すべ》がなかった。これぞ、俎板《まないた》の上の鯉、というのだろうか。

静脈の穿刺が簡単に済むと、おもむろに血液が真横の筒型の器具を染めていった。気が抜けるような心持だったが、なぜか滑稽でもあった。この苦境を哄《わら》い飛ばしたかった。

これが透析と呼ばれるものなのか。体外に流れ出て浄化され戻ってくる自分の血液を凝視しながらある種の感興にふけった。これで自分のからだが救われる。胸の内奥からにじみ出てくる深みを帯びた感慨だ。目を閉じて独語した。網膜にほんのりとだが光が点《とも》る、差し込んでくる明かりを水晶体がとらえている、と。

終了後、抜針してもらったとたん、胃の底から朝に食べた物が食道を駆け上がってきた。すぐに手で口を押さえたが、指の間を通り抜けてそれらは上着に乱れ落ちた。針を抜いてくれたナースが、大声で、「膿盆《のうぼん》を、持ってきて」と叫び、背中をさすってくれた。ゲップがしだいにおさまっていった。

荒い息も同時に鎮まった。膿盆には朝食の一部と胃液が溜まった。

「もう、大丈夫です。ありがとうございました」

「初回は誰でもこうなのよ。何でもないから心配しないで。いいわね」

「……はい。でも上着が汚れてしまって……」

「着替え、あるんでしょう?」

「いいえ。着の身着のままで病院に来ましたから」

多少とも大げさに話した。

「それじゃ、手術着を貸してあげるわ」

「ありがとうございます」

この言葉しか、その場の周平からは出てこなかった。

手術着に着替えながら溜息がもれた。

五階の病棟に戻るときも車椅子だった。連れてきてくれた折りと同じナースがその任に当たった。胸のネームプレートに「西垣晶子でーす」と記されてあった。「でーす」をつけているのを見て、私立京北病院の雰囲気がわかるような気がした。そこで思い切って尋ねてみた。

「歳はおいくつなんですか?」

「あらっ、女性に年齢を訊くの」

「ごめん。ぼくは二十七で、来年の一月で八になる」

「わたしと同い年だわ。同窓生ね」

「そうですね」

はじめての治療の苦渋が一瞬にして晴れた。じきエレベーターが五階に着いた。

六人部屋の入り口から左手の真ん中が周平のベッドだ。

車椅子からおもむろにベッドにあがった。

西垣が、ゆっくり休んでくださいね、と言い残して去って行った。


翌朝いちばんに病室に姿を見せた松本医師が、あなたは右利きですねと念を押してから、

「十時に、左の前腕のなかを走っている動脈と表面の静脈をつなげる、血液の取り出し口のためのシャントの手術をします。これはこれから週に三回の透析を受けてもらうための便宜を図るものです。いちいち動脈に直接穿刺をしなくても済ますためでもあるんです」

「麻酔は？」

「局部麻酔です。手術は三十分もかかりません。安心して下さい」

松本の目は和《なご》んでいた。

「昨日のはじめての透析で、左腕に内出血が」

と言って、周平は林檎がつぶれた跡のような打ち身の散っている左腕を松本の目のまえに見せつけた。

「やられましたね。仕方がないんですよ。直に動脈に穿刺しましたから。湿布をすれば早晩、もと通りになります。ナースに指示しておきますから」

「お願いします」

頭を下げた。

「それで、次の透析日はいつですか?」

「あさってです。四時間行ないます。そして、一日おきのサイクルで治療をします」

「わかりました」

先のことがわかって周平はひと息ついた。

「からだから水分が抜けてすっきりしてませんか」

周平は掌を見た。浮腫《むく》んでいたのが、細くなっていた。頬もこけていた。

「……それから、多田さんの行動範囲は、この五階のフロアーと二階の透析室に限って下さいね。まだ要監視の状態ですから。透析は午前か午後のいずれになるかは曜日によりますが、連絡がきたら、お願いします。そうそう、多田さんは透析導入者となったので、身体障害者扱いになります。役所に申請しなくてはなりません。国民健康保険には入っておられるでしょうね」

寸時、思考が停止した。自分は何の保険に加入していたのか——。非常勤講師の予備校から私学共済を受けていないことは確かだ。ならば国民健康保険となる。それも親元からの遠隔地保険だったと記憶している。

ありのままを周平は話した。

「じゃ、どなたかに手続きをしてもらって下さい。いろいろと優遇措置がつきますよ。透析治療者は一級の取得者ですので、鉄道の料金が半額。バス料金もそう。博物館や美術館などは障害者手帳を見せれば無料で鑑賞出来ます。それに自動車税も免除です」

「それはありがたい。一級なのですね」

「はい。車椅子生活者と違って、透析さえ受けていれば自由に動きまわれるので、ほんとうは一級ではないのですが、内科関連の障害はいのちに関わりますので一級なのです。この入院の後は通院による透析治療となりますが、それまでに心がけていただきたいのは、ご自身が、身心ともに、社会復帰を遂げられるようになることです」

「……社会復帰……。なるほど。以前のように元気に仕事に専念出来る、ということですね。それに向けて頑張ります」

周平は自分の置かれている社会的立ち位置を多少なりとも理解した。

新たな生活が始まるのだ。

ある種の覚悟を課せられたかたちとなった。受けて立つしか手はなかった。


そうして二か月半が経った。

もう眼底出血もなく、下痢も食欲不振も払拭《ふっしょく》されて心臓の厚さや大きさも、透析医療のおかげで正常な状態に戻っていた。周平はようやく外出を許可された。最初は近所の公園からだったが、そのうちもっと遠方にまで足を延ばしてもよくなった。放置状態の自分の部屋のあるアパートに行ってみることにした。

扉の鍵穴に久しぶりに鍵を差し入れた。年賀状がポストに溜まっていた。その束を鞄《かばん》に押し込んだ。立花クリニックに向かった日からはじめての帰宅だ。室内に、死に体の自分の姿がぼうっと浮かび上がった。電話帳を広げている自分も見えた。

すべてが近くて遠く感じられる過去の出来事なのだ。自分は新鮮な輝きを得たのだ。

二月の中旬なのに部屋のなかは案外と暖かだ。窓を開けて風を入れた。風は冷ややかであたかも渦を巻くかのように周平のまわりを経めぐった。周平は風に向かって深呼吸した。新たな息吹を感じた。体内から力があふれてくるようだ。

と、窓を閉めて衝動的にズボンと下着を一緒に下ろした。だらりとさがっていた。片手の上に載せて頭部の皮を引いた。露わになった。もう片方の手で撫でまわした。こすってみた。何の変化も起きなかった。まだ本格的に回復していないのだろう。血流が貫き硬くなって迸《ほとばし》る日を待たなくてはならない。眺めていると異臭が這い上がってきて、鼻孔をくすぐった。

それは頭部を露出して皮を引きあげたときに頭部との溝に付着していた恥垢《ちこう》のせいだ。病院ではシャワーを浴びるところまでが許可されていて、湯船に浸かることは禁じられていた。体力がそこまでついていない、というのが理由だ。湯船に入って、座ってからだを洗えたならば、このおびただしい恥垢に気づいたことだろう。そして除去作業を始めていたに違いない。

周平はバター色に粘りついた恥垢をまえにして、これは取り除かなければいけないと思った。ティッシュペーパーを畳の上に敷いて、胡坐《あぐら》をかいて左手で性器を押さえ、右手で恥垢を掻き出していった。面妖な臭いが立った。指の先がねっとりした。ティッシュペーパーの上には、マーガリンにも似た恥垢が適当な間隔を置いて押しつけられていった。人差し指の先端が粘ついた。

恥垢だらけの溝でいちばん排除しにくいのは、意外なことに亀頭の裏側だった。こびりついているという表現がふさわしかった。頭部を持ち上げて粘々した垢を掬《すく》い取るようにして取り除いていく。裏側は皮膚が脆弱《ぜいじゃく》ではなはだ難しかった。胡坐では容易にはいかないので正座し股を開いて作業を続けた。

時間がいつの間にか過ぎていった。帰院の予定時刻に近づきつつあった。垢だらけのティッシュペーパーをまるめてゴミ箱に棄てると下着とズボンをあげた。流しで蛇口をひねった。

茶色の水がしばらく出て透明に変わった。指を水にかざして入念に洗った。

戸締りをして京北病院に向かった。

タクシーを拾った。恥垢を取り除けたことで身心に春いちばんが吹き抜けた気分だ。

五階に上がると、エレベーターに近いロビーの長椅子になんと南千夏が座っていた。

「……南じゃないか。どうしたっていうんだ」

素《す》っ頓狂《とんきょう》な声だ。

「先生、……うち待ちくたびれました」

千夏は立ち上がりながら嘆息めいた口調だ。

「……だから、タクシーで帰ってきたんだ。帰院予定時刻、間際っていうところかな」

「うちは、一時間半も待ちました」

一本気な調子で言うと、罰が悪そうな顔つきになった。

「そうか。ごめんな。とにかく病室に行こう」

千夏の口許が綻《ほころ》んだ。

帰院届けを担当ナースにわたすと、二人は並んで廊下を歩いた。

これが南千夏とのつき合いの始まりだった。

病室に入った周平はパジャマに着替えずベッドに腰かけて、ベッドサイドのパイプ椅子に千夏を座らせた。

「……いったい、どうして、この病院がわかったんだい？」

「香川先生に尋ねたら、内緒を条件に教えてくれはりました。わたしは谷川さんと奥村さんの三人でお見舞いに来る予定でしたが、抜け駆けしてしまいました」

「そうだったのか」

「香川先生は、去年、先生が突然入院したとき、黒板をつかって先生の病状を細かく説明してくれはりました。ほんとうはもっと早くに来たかったんですけれど、香川先生に年が明けてしばらく経ってからのほうがよいと忠告されて、いまになってしまったんです」

一気に喋り終えた。細くて高い声が一直線に飛んできた。

周平は気持の底にぬくもりを覚えた。

「うれしいこと言ってくれるな。去年の四月から始まった授業で、南のいるクラスでの授業が、南が受講しているということだけで、いちばん楽しみだった」

正直に告げた。

「わたしも、先生の授業をいつも待ち遠しく思っていてたんですよ。もうおからだ、大丈夫になりはりました？」

「やっと外出の許可が出てね。今日はアパートまで行ってきた」

「どこに住んでいるのですか」

「一乗寺だよ。南は？」

「寝屋川《ねやがわ》です」

「寝屋川から都予備校までだったら、かなり時間がかかるだろうに」

「はい。でも、慣れてしまえばへっちゃらです」

「ところで、南は私立文系のクラスだったね。もう受験は済んだはずだ。どこに合格した？」

千夏はとたんにうつむいた。

「第一志望には受かった？」

「……同行社はダメでした。都女子大も失敗……。なんとか西日本大学に、といったところです」

「西日本大学か。よかったじゃないか。西関同立《せいかんどうりつ》の一角を占める大学に進めるんだから」

「ええ。けれど、家から遠くて」

「下宿すれば済むよ」

「それは親が許してくれないんです」

「なるほどね。東京もそうだけど、関西も私鉄や地下鉄が縦横に延びて通学しやすそうだから、下宿は親が許可しないんだよな」

「はい。それにわたし、大学にはあまり興味がないんです。進学もまわりの流れに巻き込まれて、つい、予備校に通ってしまったくらいで。だから、西日本大学に受かってもそんなに晴れ晴れしくはないんです」

　周平から目をそらして溜息をついた。

「そうだったのか。質問にもよく来たし、勉強熱心な生徒だと思っていたが……」

「先生とお話がしたかったから、です。先生は人気があって、ほかにも狙っていた女《こ》がたくさんいてたんですよ。さっき抜け駆けと言ったのも、こういう事情があったからです」

「ふーん。……まんざらでもない気分だね」

「わたしは大学に進学するよりもお嫁さんになりたいんです」

　最後のほうは小声だった。

「結婚？」

「はい」

「ぼくもそろそろ考えなくては、と思っている。特に、こうしたからだになってしまったのでね。栄養管理など、結構、手のかかる身となった……南にはやはり大学に行ってほしい。そして卒業後、ぼくと結婚しよう。どうだい？」

「本気にしていいですか」

「もちろん。婚約だよ」

「とってもうれしいわ。ありがとうございます、先生」

とんとん拍子に話が進むとはこういうことを指すのだろうか。周平も、将来の一端が垣間見えて、満ち足りた心持だった。

周平はこの慶事を伸一・孝子夫婦にさっそく報せた。五階のナースステーションの傍らにある公衆電話を利用した。一部始終を話した。

「周ちゃん、それ、本気なの？」

孝子が怪訝《けげん》そうな口吻《こうふん》で問い返してきた。

「うん、まじめに申し込んだし、彼女も即答してくれた。もちろん、結婚は大学卒業後だけれども。だから、正式には、婚約と言ったほうが当たっているかもしれない」

「そんな若い女を四年間、惹《こ》きつけておくって一筋縄ではいかなわよ。たぶん、伸一さんも首を傾げると思うわ」

「そういうもんかな。しっかりしたひとだけど」

「とにかく早計はいけないわ。退院してからよく考えて回答を出すべきよ。そうなさい、ね、悪いことは言わないから。ところで、退院後の住まいの件だけど、このまえお見舞いに行ったとき、先生から『食事をきちんと作れるもっと設備が整っている部屋で暮らしなさい』と助言された、と言っていたわね。いいところ見つかったの？」

「いや、まだ不動産屋に出向いていないんです。早々に決めるつもりです」

「いいところ、見つけてね。これからは、自己管理が大切になるんだから」

「わかっています」

そう応えながら、周平は千夏と一緒に部屋さがしをしている自分を想い描いた。

「それじゃ、きょうは、一応、報告までと思って。伝えられてよかった」

「もう心配の種をまかないでね。お願いだから。退院したら、その南さんとやらを連れて遊びに来てちょうだい。うん、それがいいわ」

品定めをする、といった自信めいた雰囲気が流れてきた。

「了解です」

受話器を置くと、孝子が心配するのも無理はないと思った。二十歳にもなっていない未成年の、それも教え子と結婚の約束を交わすとは、安直すぎるのではないか。講師という身分を巧みに利用した、一種の役得とも受け取れないこともない。周平自身、それを否定出来かねた。

だが、ともあれ、一歩踏み出したことは確かだ。

次は部屋さがしだ。

千夏はそれから一日おきに見舞いにやってきた。進学すべき大学も決まっており、四月までのおよそ一か月間の春休みだ。この間、周平は千夏をともなって外出した。部屋えらびにもつき合ってもらった。

これまでは、1DKにトイレがついた六畳間の狭苦しい部屋だった。退院後はもっと広い、ゆくゆくは千夏も住めるだけのゆとりのあるアパートにしたかった。日当たりのよい、南東向きの部屋が理想だ。家賃は多少値が張っても払えるだろうと踏んでいた。身体障害者には障害者年金という公的機関からの補助金が支払われるので、それを充《あ》てることに決めた。

何軒か不動産屋をまわってみて、三軒目で良い物件が見つかった。北大路《きたおおじ》通りと白川《しらかわ》通りが交差する地点は、北大路通りが突き当たりになっていてT字路になっている。物件はそのすぐ近くに位置する四階建ての古めかしいビルだ。そこの四〇一号室に空きがあった。ヴェランダが南向きで、広いリビングと六畳の和室でなっていた。玄関からリビングまでを、両側に物を置けるくらいの幅の廊下が結んでいた。

「これはいい。千夏、どう思う?」

苗字でなく名前で呼ぶようにいつの間にかなっていた。

「先生がいいと思ったら、ここに決めたら」

　肩透かしを食らった返答だった。

「……千夏がどう思っているかだよ、ぼくが訊きたいのは」

　リビングに足を踏み入れて、周平は千夏の肩に腕をまわしながら、その口許に視線を投げかけた。

「千夏にはよくわかんない」

　まだ南は自身のことを「わたし」とは言わずに、「千夏」とか「うち」とか呼ぶ。ふと、孝子の抱いた懸念が蘇った。まだ大人ではないのだ。

「そうか。ぼくはいいと思うので、ここに決めるよ。京北病院にも近いことだし……」

「千夏も、いいわよ。先生がよければ」

「これで、住まいは決まった。あとは、それ相応の家具、洗濯機、冷蔵庫、といったもの。それに退院前に引っ越しを済ませてしまうこと、だ」

　言い終えて、周平は千夏の肩にかけていた腕に力を込めて引き寄せると、和室へといざなった。そして畳の上に押し倒し口づけをした。千夏はされるがままになって身をすっかり周平に委ねた。唇を耳の裏側や頬に這わせた。舌も入れた。千夏は唐突なそれに口を閉じようとしたが、舌のほうが先だった。自分の舌を絡ませてきた。

周平の手はスカートのなかをまさぐり始めていた。下着の上から秘部に触れた。からだを起こすと、千夏の下半身を覆《おお》う衣服をまるごとさげた。靴下がスカートや下着に引っかかってようやっと脱がすことが出来た。下半身が露わになった。

「どうする気……先生でないみたい……」

むずかるような声だ。

「触るだけにして。あとは、結婚してから、ね」

哀願めいた訴えを聞き流して、周平は自分のズボンと下着を下ろすと、剝ぎ取った。千夏はそれをじっと見つめていた。

「目をつむって」

その言葉と同時に千夏は観念したように目を閉じた。

周平は身をかがめ、開脚させて両脚の芯に接近していった。だが、血流による昂《たかぶ》りがやってこなかった。芯に挿し入れようとしてもなよなよして叶わなかった。額が汗みずくになっている。

「……うまくいかない」

目を見ひらいて、千夏が周平に不可思議な視線を送ってきた。周平はのどの奥に異物が詰まってあえいでいるような、そしてそれをこそいでいる感覚のなかに浸かっていた。羞恥心と脱力感のあいだを遊弋《ゆうよく》している。

「先生、きっとまだほんとうに治ってへんのよ。千夏は先生に、と決めているから待つわ」

「済まない。力がみなぎらないんだ」

「……今日、こういうことが起きるなんて、夢にも想わなかった」

「勇み足だったな」

「そんなことはないよ……その瞬間《とき》は、きっとくる。がっかりせんといてね」

「そうだといいのだけど……」

周平は横たわる千夏の、いたわりに満ちた目を覗き込むようにしてつぶやいた。


〈了〉

3

晶子と所帯を持ってから二十余年が経った。周平が人工透析のため入院して、その後週三回通院していたときに知り合ってそのまま入籍へといたった。この結婚は、周平にとってはまさに奇貨居くべしであった。身体障害者の身の上であることに鑑みれば、そうした自分を結婚の相手として甘受してくれた晶子には感謝してもし切れない恩義を感じた。

晶子はそうした周平の心根を巧みにかわして、障害を障害と認めて割り切ってくれた。生業《なりわい》がナースであり、透析室に勤務していて、毎日透析患者と接しているから透析患者のありのままの姿を把握していたのだろう。自分のつれ合いが障害をもっていることにたいして気にもしておらず、淡々として周平を受け入れた。

結婚式、および披露宴は二十四節気でいう「寒露」の日、十月初旬のことだった。今年の結婚記念日には二人で四国は松山の道後温泉におもむいた。道後の豊潤な湯に浸かり、美味な懐石料理に舌鼓を打った。四国ははじめてだったが、酒がまわるにつれ、透析に慣れるため導入期に三か月ほど入院した二十八歳のとき、まだ大学院生の頃のことを思い出していた。実は晶子にはまだ話していないが、もう晶子に話してもどうということはないだろうと踏んで、周平は回想するような形で口火を切った。


「あのとき、晶子は、透析室のナースだったね」

「そう。わたしは京北病院に都合五年間勤めたんやけど、当初から透析室配属で、異動はいちどきりやった」

「でも、大型タンカーに乗って、世界を二回も巡ってきたのだから僥倖というもんだよ」

するととたんに笑みを浮かべて、

「そやかて、わたしが京北病院に移ってきたのは、商船四菱《よつびし》と契約を結んでいる病院で、希望者はシップ・ナースとしてタンカーに乗れるチャンスがあったからやもん。まだ周ちゃんと知り合うまえのことやったわ、乗船したのは」

「男ばかりのところへたったひとりのナースなんだね」

「そうや。みんな親切にしてくれはったわ」

乗船のときを思い浮かべるように晶子は遠くを見つめた。

「それでね、当時、晶子は、京北病院の敷地内に建っていた『わかくさ寮』に住んでいたよね」

周平は晶子をゆっくりと二十余年まえへといざなうように言葉を紡《つむ》いだ。

「ええ。楽しい寮生活やったわ」

「そうか、それはなによりだったね。その寮に宮城野佑子《みやぎのゆうこ》さんというナースがいたと思うんだけど、覚えてる？」

「はいはい、そのひと、わたしの隣の隣の三〇三号室やったわ、確か」

「話したことある？」

晶子もまた二十年まえに想いを馳せるように眉を寄せた。

「あのひとは、五階の内科病棟の勤務やったはず……。そやけど、共同炊事場でよく出会ってね、世間話くらいはしたわ。仲はよいほうやった。その宮城野さんがどうかしたん？」

怪訝な表情を満面に浮かべて、晶子は周平の回答を待った。

「……あのとき、五階にはナースが二十人ほどいてね、みんな、ぼくとちょうど三、四歳しか歳が離れていなかった。透析室の場合もそうだったね。いまは変わってしまったけれど、たいがいのナースが結婚適齢期に入るか入っているかだった」

「そうやね。わたしも、そうやった」

「ぼくもしかりだ。大学院生だったけど、年齢的にはそろそろ結婚を考えてもいい頃だった。ちょうど年頃のナースが大半を占めていたから、狙いを定めれば何とかなるんではないか、と希望的観測を抱いたものだよ」

「それでわたしが、その網に引っかかったというわけやね」

「結果的にはそうなったのだけど、そこまで行くには、これから明かす『経緯』があったんだ」

「……なんなん？　その『経緯』っていうのは？」

「ぼくは通院透析を始めるまで、およそ三か月五階の内科病棟に入院していた。そこで、好みのナースが何人かいた。彼女たちは職業柄、みな献身的で、実にまばゆい存在だった。もちろん二階の透析室のナースたちもそうだったけれど、入院しているときは五階のナースたちとの接触が多かったので、ぼくも気さくに、誰かれとなくお喋りを楽しんだものだよ」

「あなたは透析室でも、よく話す患者さんやったわ。それこそ、誰にたいしても、ね」

「そうか、透析室でも、そうだったか。なるほどね、ぼくはお喋りな男なんだ」

「いまごろ、気づきはるとはね。あきれるわ」

晶子はそう言い、ふざけて周平の小鼻を親指と人差し指でつまんだ。周平はすぐに払いのけて続けた。

「それでさ、五階のナースに話を戻すとね、二十人近くいたなかで、宮城野さんだけがぼくに突っかかってくるんだ。ほかのひとからは、誕生祝いにそっとチョコレートをもらったり、読みたい本を買ってきてもらったりして、親切にしてもらったけど、みな患者とナースのつき合いだからそれ以上の関係に発展することはなかった。ただ、誕生祝いのときは、なぜ？と思ったけど、相手の素振りがあっさりしていたので、ぼくもそのつもりで受け取った」

「モテタんやね」

「いや、みんな出会いの場がなかったんだと思うよ。ナースというきつい仕事。それに寮生活のひとは、寮と同じ敷地内に建つ病院との往復の日々。近所のアパートに住んでいるひともみな同じだったようだからね」

「そうね。透析室、日曜日は休みやったけど、お洗濯が溜まっていたり、しんどくて一日中、布団のなかにいたりで、外に出ようとは思わなんだもの」

晶子は長い吐息をもらした。その肩越しに当時の風景がおぼろげに浮かび上がった。周平は確かにあの時代にある位置を占めていたと思う。その確固たる場に背中を押されるように、

「ある晩のこと。五階からね、もう夜も十一時近くになってね、ナースが二人、車で寮のま

えまで送ってもらったのを、なかなか眠りにつけなくて、外を見ていたぼくの目がとらえたことがあってね。ちょっとしたショックを受けたものだよ。なにせ、患者にとっては天使にも相当する存在の彼女たちが男に車で送ってもらったのだからね。同室だった齋藤さんという年配のひとも起きていてね、こう言っていたよ。『ナースも所詮は女。男とつき合うのも道理にかなっている』とね」

　晶子が同調するように、ほんとうに出会いに恵まれていなかったわ、研修医もいたけど、気に入るひとはいなかった、ときっぱり言い切った。

「その出会いいなんだけど、見舞いに来てくれた友達も、ナースたちを観察していて、ああだこうだ、と意見を言って帰っていったもんだよ。こっちも気に入っている女《ひと》のことを打ち明けてね。たまたまその女が検温に病室にやってくると、声を潜めて、あの女だ、とつぶやいたものさ」

「そのナースが宮城野さんっていうわけなん?」

「察しがいいね」

「わたしは、はっきりと顔を覚えている」

「うりざね顔の平安朝の美人タイプで、すらっとして背筋がぴんと張っていてすがすがしい女性だった」

「そうやったわね。わたしとは違ってた？」

挑むような態度に一変した。

「晶子には晶子の美点があるから、ま、気にすることはないよ」

嘘でも言葉を足さなくてはならなかった。だが、虚言ではなかった。

晶子は短髪が似合っていて、いちばんの特徴は唇が薄かったことだ。受け口でも、平べったい鴨の形の口でもなかった。大笑いしても、歯ぐさは見えなかった。小柄できゃしゃなからだつきで、声が澄んで良く通る、彫りの深い端正な顔立ちという印象を与えていた。患者たちのあいだでも人気があった。

「それでね、宮城野さんが病室から出て行くと、あの女をものにしろ、ってみんながそそのかすんだ」

「周ちゃんの気持はどうだったんよ」

「正直言って、まんざらでもなかったな。歳も三つ下だったしね」

周平の貌《かお》はにやけていた。晶子はふたたび気色ばんだ。周平は構わずに話を続けた。

「それでね。ぼくはさることを思いついたんだよ。宮城野さんにあるときこう言ってみたんだ。『宮城野さんは眼鏡が似合うんじゃないかな。視力の良し悪しはべつとして、ダテ眼鏡でもいいから一度かけてみたら？』とね。そしたら、『多田さん、わたし、ほんとうはコンタクトレンズなの。眼鏡は仕事の邪魔になるからかけていないだけ。それに眼鏡は似合わないの』と、宮城野さんが諭すような静かな口調で言ったんだ。だから、そうだったのか、と思い定めて、それ以上は言わなかった」

「それで、どうなったん？」

「次の日のことだけど、宮城野さんが、眼鏡をかけてきたんだよ。ぼくは信じられなかった。だって、ぼくが言ったことを、真に受けたんだもの。ぼくは、似合う、と言って褒めた。……じっさい、眼鏡で面立ちが引き締まって綺麗に見えたからね」

「宮城野さん、仕合わせやったろうね。女は良く言ってくれるのがいちばんやから」

「でもね、ぼくは一種の負い目を担うことになってしまった。わかるだろ？」

「ええ。周ちゃんの言葉に素直にしたがったわけやからね」

「そうなんだよ。褒めたは褒めたけど、次に何をどう話したらいいか、見当がつかなくなってさ」

「いい気味やわ。宮城野さんにとって、あなたの言葉は真剣に受け止めるべきものだとみなしていたんやと思うわ」

晶子はそれみたことか、といった強い口調で、周平に鋭利な視線を向けた。

「それで仕方なく、これからも眼鏡かけてくるといいよ、と言ったんだ」

「本気で言ったん？　宮城野さんこそ迷ってはったでしょうに。ひどいひとやわ、周ちゃんって」

その応えは想定外だった。ある種の調和《ハーモニー》が崩れて弁解が出来なかった。

「それから、ぼくが退院するまで、眼鏡をかけてきた……」

「愛らしいひとやないの。どうしてわたしなんかを選びはったの」

「まぁ、聞けよ」

周平はひと呼吸置いて、昔日の彼方に深々と身を潜めるように、

「退院が近づくと、外出許可が出るだろう。ぼくは、三年前に竣工《しゅんこう》となったけれど、乗る機会がなかった地下鉄に乗ってみたくて、外出の許可が下りた日に、北大路駅始発の電車に乗ったんだ。そしたら、偶然か必然かわからないけど、同じ車両に宮城野さんが乗り込んできて、ちょうどぼくの斜めまえの席に座った。白衣ではなく普段着でね。白衣以外の姿の彼女をはじめて見たし、彼女もパジャマ姿以外のぼくをはじめて目にしたわけだ。ぼくは、やあ、と声をかけた。するとね、宮城野さんは、それに応じるどころか、ふんって鼻で嘲るようにしてすぐさま席を立ってね、隣の車両に移ってしまったんだ。これには驚いたね」

「それは、彼女が周ちゃんを意識していたからやないの」

「……だけど、もう二十五歳になる女性が、だよ。子供じみているとは思わない？　意識し

すぎだよ。せっかく二人だけで出逢えたというのにさ。そういえば眼鏡はかけていなかったな」

「宮城野さんにしてみれば、あまりにも唐突な出来事でどうしたらいいのか、判断がつかなかったかもしれへんね。本来、病院にいるはずの周ちゃんとばったり出くわすなんて、想像すらしてへんかったと思うわ」

「なるほどね。でもべつの車両に移ることはないだろうに。大げさすぎる反応だよ」

「そうやね。周ちゃんにしてみれば、ちょっと慌てるやろね」

晶子の表情に同情の色がにじみ出た。周平はこの際、すべて打ち明けてしまおうと臍《ほぞ》を固めた。

「それだけじゃないんだ」

「まだあるん？」

「ああ。入院中に軽い風邪を引いたときがあってね。毎夕、ナースステーションで吸入していたときのことなんだ。その日は、昼の勤務のひとが準夜勤務のひとに申し送りを済ませて、準夜担当の二人が居残っていた。ぼくは、そのうちのひとりの馬場さんから呼ばれて、ナースステーションで吸入の処置をしてもらっていた。ステーションには、ぼくと馬場さんの二人しかいなかった。そこへ、なんと、宮城野さんが、夕方の病室巡回を終えて戻ってきたんだよ。彼女、どうしたと思う？」

「わからへんよ、そんなこと？」

晶子は率直に首を傾げた。無理もないと周平は感じた。

「宮城野さんは、入り口のところで、ぼくら二人を見かけるとぷいっと顎をしゃくり、好きにしたらいいわ！　と言い放って、いなくなってしまったんだ。ぼくたちはあっけにとられたよ。馬場さんはしばらくぽかんと口を開けたままだった。ぼくには理由はどことなくわかっていたけど、印象に残るのは、宮城野さんの素振りだった」

晶子は、そうやね、と頷き、条件が悪すぎたかもしれないわね、とつけたした。

「馬場さんも素敵なひとだった」

「まあ、気の多いひとやわ。それを宮城野さんは敏感に感じ取っていたかもしれへんよ。女のカンって当たるから」

と言って、晶子はわざとらしく二度咳込んでみせた。

「とにかく、好きな女の子にわざと意地悪くする男の子のように、宮城野さんはぼくにはすごくとげとげしかった」

「けど、それだけで彼女が周ちゃんに好意を抱いていた証拠になるん？　眼鏡のことやそうした仕草で決めてしまうのは、早合点やないの」

「そうだと思う。だけど、決定的なことがそれからあったんだ」

「へぇー。いやに自信たっぷりやないの」

晶子の口調には嫌味が漂っていて、周平は、もうこの話はやめにしたほうがよいかもしれないと思った。過去へとつながる時空間の狭隘《きょうあい》な窪みにはまり込んでしまいそうだったからだ。それでしばらく黙りこくった。すると晶子が催促してきて、途中で話をやめるのはずるいわよ、とねめつけた。

「十二月に入院したぼくは、病院で年を越した。体調は順調に回復へと向かっていて、二月の半ばには外出も外泊も許された。外出は近所の児童公園へ、外泊は枚方の伸ちゃん夫婦のところへと出かけたもんだよ。早く退院出来ないかな、って思っていたら、主治医の松本先生が三月の桃の節句のときに退院を認めてくれた。うれしかったなぁ。心臓も元の大きさに戻り、眼底出血も消え、下痢も倦怠感もすっかり収まっていた。身体障害者になってしまったけれど、健康体であることは間違いなかった。三月はじめにめでたく退院して、それ以後は週三回の通院透析者になったわけさ。で、アパートから京北病院まで自転車で通った」

「そう、自転車で来てはったものね」

「晶子は透析室勤務で、二十五人いた看護婦のなかでも指折りに、透析医療に通じていたよね。宮城野さんもある程度は知っていたけど、持ち場が違っていたせいか、おのずと限界があった。それに晶子は、はじめて透析を受ける日に、ぼくを一階の外来から五階の病棟まで車椅子で運んで、また迎えに来てくれ、さらに透析後に五階へと連れて行ってもくれた。ネームプレートに、『西垣晶子でーす』と躍った文字が記されていたのが印象的だった」

「それから、エレベーターのなかで、同じ年の生まれだという話をしたんやったね」

一笑しながら、出逢ったときのことを、晶子は語った。

「そうだったね。そして入院中には、いろいろと透析のことを尋ねたもんだった。すべてにわたって的確に応えてくれた。ありがたかったよ。それでね、ぼくはいま話したように無事退院したわけだ。そうしたら退院後、三日目の夕方に京北病院から電話をもらった」

「電話？」

晶子は不思議そうに耳をすました。

「五階病棟の婦長の工藤さんからだった。何事かと思って、用件を訊くと工藤さんが言った。『多田さんが退院してから、注射の一本も打てなくなって、すっかり気落ちしているナースがいるのだけど、多田さんには、いまおつき合いをしている女の方がおりますか？』という内容で、そのナースは誰か、という問いには応えられないと言い張った。ぼくは直感的に、宮城野さんではないですか、と問い質《ただ》したんだけど、答えはなかった。ただ、ぼくが好意を寄せている女性がいるかどうか、について知りたがっていたみたいだった。ぼくは、宮城野さんの、入院中や地下鉄でのぼくへの接し方を思い浮かべて、あのひととはとてもつき合い切れないだろう、と直感した。それで、懇意にしている女性がいる、と嘘をついた」

晶子にはいまだに内緒にしているが、そのときそうした女性が現実にいた。南千夏のことにほかならない。

すると工藤さんが、

「そのひと、いまここにいるの。おつき合いは無理っていうこと」

と、小声で聞いてきた。

「駄目ではないですが、その方は、ぼくと懇意にしている女性が他《ほか》にいても気にしないのなら、交際は喜んでしますが」

工藤さんはちょっと待って下さい、と言い置いて、受話器を手で覆《おお》ったみたいだった。ざわざわと紙をまるめたときのような雑音が流れてきた。

「お待たせしました。その方は、それなら諦めます、ということです。お騒がせして済みませんでした。電話の内容はここだけの話にしておいて下さいね」

周平は承知しています、と告げて受話器を置いた。

「へえー、そんなことがあったん」

晶子が目を細めた。

「宮城野さんは、たぶん、優しいひとだったと思うけど、もしもし二人の仲が発展していったら、こちらが疲れたことははっきりしてるよ」

「わたしにしてよかったやろ」

満面に誇らしげな笑みを浮かべた。

「でもね、宮城野さんとの話はこれで終わったわけではないんだ」

「まだあるん？」

「うん。通院透析にも慣れ大学院の授業にも復帰出来て、三か月ほど経ったときのある晩の透析の折りだった。晶子だよ、ぼくに知らせに来てくれたのは。覚えているかい？」

「えっ？　わたしが？　何のことやの？」

「ぼくのベッドへ、七時頃、五階の宮城野さんが、多田さんにお話があるそうで、降りてくる、ということです、とね」

「覚えておらへん。そないなこと、あったかしら」

懸命に思い出そうとしている。

「記憶にないなら、それはそれでいいさ。宮城野さんはぼくの透析の曜日をきちんと調べあげていたようだ。やがて七時になった。と同時に宮城野さんがやって来た。三か月ぶりだった。眼鏡をかけていて、体調はいかが、とまず訊かれたね」

周平は、元気だよ、と応え、そして、今夜はどうしたの？　と尋ねた。すると宮城野が、

「わたし、国元に帰ることに決めたの」

「国元というと？」

「四国の愛媛県」

「愛媛県出身だったのかぁ。地元で新しい職場が見つかったわけ？　まあ、椅子に座ってよ」

周平がパイプ椅子を勧めると、いいわ、立っている、と素っ気ない返答をした。彼女からは石鹸の香りが立った。からだは本復のまだ途中だが、裡には波立つ欲が渦巻いていた。南千夏とも、それは果たせていない種類のものなのだ。

「親がうるさいの。早くお嫁に行けって。田舎だからね、仕方ないのよね。それで二か月前にお見合いをしたの」

「そのひとと結婚するんだね。そのための帰郷か。おめでとう。……どんなひと？」

宮城野は腕を組み、とつぜん意気軒昂として、

「多田さんとは違った感じのひと。ついて行けそうなの」

「……よくわかんないけど、それはよかった。でも、宮城野さんは、パジャマ姿のぼくしか

知らないだろう。病院の外では、ぼくもどちらかというと、オレについてこい、というタイプだよ」

「そうなの？　とてもそんなふうには思えないわ」

腕を組んだまま上から目線で喋ってきた。ああ、このひとは以前のままだ、と周平は思った。結婚の報告に来たのだ。甘受するしか手はなかった。

「今後、どうするつもりなの？」

宮城野が訊いてきた。

「どうすると言ったって、まず、からだの全面的な回復を果たして、論文をなるたけいっぱい書くこと、かな」

「生活はどうするつもり？」

いちいちうるさいとは思いながらも、周平は質問に答えた。

「生活費は、予備校の非常勤講師の給与で賄っている。結構もらえるんでね」

「そっ、安心したわ。やっぱり、大学の先生になるの」

「そうありたいと願っているけどね」

「雲の上のひとになるんだ」

腕組みをほどいてしんみりと話した。ささやきにも似たその口調に周平は、いまだからこそ、二人のあいだに目にも見えないかたちもない繫《つな》がりが見出せるのではないか、とふと感じた。矛盾している問いかけだったにせよ、周平の偽らざる気持だった。

「そんなことでもないさ。みんなと同じだよ」

「普通のひとと、わたしは結ばれるんだわ。よかった」

周平は押し黙った。すると、

「あのね、ずっと訊きたかったんだけど、どうして腎不全になるまで放っておいたの?」

「そのことか。耳が痛いんだけどね、高校生のときから尿にタンパクが下り出していたんだ。保健室の先生に注意されて、一度、大きな病院で診てもらった」

「それで?」

「それが、よく言われる、三時間待って五分の診療ってやつで、ほとほと嫌になった」

「でも、尿や血液の検査をしてくれたんでしょ」

宮城野がベッドの周平を覗き込むように言った。

「もちろん」

「どうだったの?」

「もう半分以上忘れてしまったけど、安静にしていなさいと言われたな」

「でしょうね。腎臓病のひとには、安静が第一だもの」

「だから、それ以後、体育の時間は見学となった」

周平は、クラスメイトがバスケに興じているのに、自分だけがぽつんと体育館の片隅にたたずんでいた姿を思い浮かべた。

「そうだったの。辛かったでしょ」

「まあね。札幌の高校だったから、スキー学習もあったんだけど、これも見学ってところ」

「…………」

宮城野がふと沈黙して、顎に手をやり考え込んだ。

「あのさ、ぼくの悪かったのは、大学のときの健康診断でやはりタンパクが尿に出ていたのに、下宿に電話をかけてきてくれた保健学の教授の言うことを聞かなかったことなんだ。その先生は、私立の有名大学の病院を紹介するとも言って下さったのに、ぼくは受け流してしまった」

「高校生のときの大病院の印象がよほど悪かったのね」

「そういうことになるかな。だから、自業自得なんだ、こういう身になったのも」

「そっか。達観したような口ぶりね」

周平は、深く納得したように頷く宮城野を仰ぎ見た。

それを機に宮城野は、もう行くわ、と一揖《いちゆう》して踵《きびす》を返すと足早に去っていった。周平は肩透かしを食らった感じがした。透析室から出て行く後ろ姿をただ目が追った。

「わたし、同じ寮にいたから知っているんだけど、宮城野さんは、帰郷なんかしなかったわよ。伏見にある藤森《ふじのもり》医療センターに転職したはずよ。結婚なんて嘘よ」

「……嘘？　ぼくに嘘をついたわけ？」

「まず間違いないわ」

「じゃ、あのとき、ぼくは、どう答えればよかったんだろうか」

「それは決まってるやん。女心に疎い男《ひと》やね。四国に帰らへんと、ここ京都に留まってくれ、それ以外にないやないの」

「そうしたら、どうなっただろう」

宮城野のうりざね顔が鮮明な軌跡を描いて視界を貫いた。

「たぶん、おつき合いが始まって、ひょっとしたら、めでたく結婚へと向かったかもしれへんね」

「そこまで思いがいたらなかった。悪いことをしたな。……でもそうなったら、晶子とは入籍していなかったことになる」

「あらっ、そうやわ」

あっけらかんと口走った。

「宮城野さんは、ぼくが、入院中から退院して三か月経っても、ぼくのことを想っていてくれたことになる。三か月は短いけれど、彼女にしてみれば、身を削られるような日々だったんだろうな。せっかく眼鏡をかけて、透析室に話に来てくれたというのに。ぼくは残酷なことをした」

周平は肩を落とした。けれども、宮城野との交際がひどく心労をともなったであろうことは容易に想像がついた。彼女と逢引きを重ねるうちに身心ともどもうずくまるように萎縮していく自分を想い描いて、結句、自分の判断に狂いはなかったと思い定めた。

4

「久しぶり」

レオナルド・青山が、二年後輩の間宮栄《まみやさかえ》に声をかけた。間宮はっと振り返った。

「あ、ご無沙汰しています」

唐突なことだったので、正直、驚いた。青山はオーヴァードクターだから、もう大学院の授業にもたいして出席せずともよく、教授から推薦された大学で非常勤講師として勤務しており、たまにゼミに顔を出すだけでよかった。今日がその日に当たるのかもしれない。

「調子はどうだい?」

続けて青山が訊いてくる。

「ぼちぼち、でんな」

大阪商人《あきんど》の応え方だ。間宮は、イタリア人の母と日本人の父を持つ関東出身者である青山が、いまだに関西弁が性に合わないのを知って、青山が嫌がる言い方を故意にした。青山は眉をひそめて、

「ぼちぼちでんな、か。イタリア語では、コジィ・コジィか。なるほど、体《てい》の良い応え方だ。ところで、『同行社文芸秋季号』の多田周平君の作品は読んだ?」

「『力』という作品ですか。読みました。感想を多田君に送ってもやりました。筆名でなく本名を使っていましたね」

「そうだったな」

「よく書いたものですよ」

周平は二十八歳、間宮の一年後輩に当たっていて、博士課程の三年生だった。間宮も同じく三年生だったが、一年休学したから年齢はひとつ上なのだ。

「どう思った?」

「感想ですか」

「そういったところだ」

青山は是が非でも訊きたげに耳をそばだてた。

「そうですね。たぶん、私小説だと思いました。多田君は実際人工透析を受けていますし、その導入にいたるまでの経緯が書かれていて、予備校で非常勤講師もしていますから」

間宮は周平宛ての感想に、なんとも言えない恐怖に襲われたことだろう、と記した。

「……あの、女性のことはどう見る?」

「あそこはフィクションでしょう。多田君の身のまわりから、つき合っている女の子がいる雰囲気はまったく伝わってきませんからね」

そうは応えながらも、自分にはいまだ恋人すら出来ない体たらくに嫌悪を覚えてもいた。

「そうか。そうとったか。間宮君、あの『力』という短編は、嘘だらけなんだよ」

間宮は、研ぎ澄まされた刃物のような視線を青山から浴びて、

「どうかしたんですか」

慎重に尋ねてみた。

「立ち話では何だから、生協で何か飲みながら話そう。今頃の時間なら、生協の食堂は空いているだろう。さ、行こう」

青山に促されて、普段めったに利用しない生協の食堂に間宮はついていった。青山の靴が地面に軋《きし》り込むような音を立てた。後ろから続く間宮はその音を追いながら、これからもたらされる話の内容は何だろうと首を傾げた。

案の定、午後の二時ともなると、食堂はがら空きだった。おごるよ、と青山が言って、自動販売機からコーラを買ってきた。

「たまに、コーラもいいですね」

間宮がうれしそうに言って受け取った。

「青山さんはあの作品に何かこだわりがあるんですか」

今度は間宮のほうから話しかけた。

「多田の奴、私小説を装って書きやがって。そこに腹が立つ」

「どう書くかは作者が決めることだから、読者が四の五の批判すべきことではないと思いますけども」

間宮は釘をさした。そしてこの調子だとあの『力』という作品を青山が論難しそうなので、一定の評価をしていた間宮は、多少とも身構えた。

「多田君は本名を使って、主人公を実在の人物名、それも作者そのひとにして、運よくいのちが助かるまでの過程を描いているが、実際にはあのようには進行しなかったんだ」

そう言って、コーラを一口含んだ。間宮も飲んだ。

「どういうことです。多田君と青山さんのあいだで何かあったのですか。ぼくなどは『神曲論』で卒論を書いた多田君らしい発想で書かれた作品だと思いましたけど」

「どういうことだ?」

「それは、『神曲』を読めば一目瞭然ですよ。『神曲』の主人公は『ダンテ』そのひとで、作者も『ダンテ』自身です。そうした『神曲』を、ダンテ・アリギエリの強烈な『個我《エゴ》』の発露だと断じていた批評を読んだと記憶しています。確か、伊藤整の『小説の方法』か『小説の認識』か、いずれかで論じられていたはずです。近代的なエゴの最初の吐露だと明言していたと思います」

「その真似をした、というわけか。なるほど」

「そういうことになりますね。主人公と作者の名前が一致しているからです。『神曲』を踏襲しています……。何か、気になるんですか。イタリア文学専攻の者としては、不思議ではない手法だと考えます」

「まあな。でもな、多田君は、あの作品のようにひとりで行動したのではないんだよ」

「誰かと一緒に、ということですか」

「……ぼくがつき添っていたんだ」

「青山さんが、ですか?」

間宮は目を白黒させた。

「ああ。それに、性病科とか泌尿器科とかの受診は、ぼくの知る範囲内では、あり得ないことだ。多田君は弱り切っていたからね」

自信たっぷりに語る青山の眼差しに揺らぎはなかった。生協の食堂という空間のなかで、青山だけに光が当たり斜めに青山の顔を掠めていった。

このひとは、このように、過剰になるタイプだっただろうか。理科系の学部から文学部に、それも母親の感化か、イタリア車が好きでイタリア語・文学科に転部してきた。けれども、発想じたいは理系そのもので、話していてときたま齟齬《そご》を来たすことがあった。ただ、そこが、語学や文学に凝り固まっているひとたちとは異なって、新鮮に映ることがままあった。

「間宮君、そもそも、多田君が、なぜ同行社大学の付属病院を受診したのかを知っているかい」

「いいえ」

「そうだろう。一年休学していた君のところには行かない話だからな」

「どういうことです?」

「あの作品では、性病科を受診して、そこで血圧の異変を発見したように書かれているだろう」

「はい、そうでした。それが何か?」

そう疑問を呈して、ひとの運命の移ろいに心が締めつけられ、周平の叙述に感心したことを思い起こした。姿も形もわからぬ何者かが音もなく一歩一歩近づいてくる、その律動の恐怖が蘇った。

「実際は、左京区の保健所でわかったんだ」

絡まった糸をこれからひも解いて行くかのように、いっそう青山の口吻が熱気を帯びてきた。唾を呑み込み、コーラを空けてしまうと、口許を手の甲で拭き取った。

「これから喋ることは、ほんの一部のひとしか知らないから、オフレコで頼むよ。実は、宮下教授から就職についての話があってね、君の先輩たちに応募の意思があるかどうかの打診があったんだ。岐阜県の安生《あんじょう》女子短大の英語講師のクチだった。吉川助教授の奥様が、岐阜明正《めいせい》女子大学の教授だということは知っているだろう。その奥様が、大学の人事課から募集の紙を剝ぎ取ってきた。吉川先生はそれを宮下教授にわたして、ぼくたちのなかからひとり選んで応募させようとしたわけだ」

間宮の目が冴《さ》え出した。

「そんなことがあったのですか。全然、知りませんでした」

「それで、オーヴァードクターのぼくや津村君や岡崎君に、年齢順に、その気があるかどうか尋ね始めた。もちろん助手の前園《まえぞの》さんにも」

「それで、どうなりました」

「先生方の尽力には、ぼくも含めて、みな頭のさがる思いだったが、京都を離れて岐阜の片田舎で教員生活を送る気が誰にもなかった。いったんその女子短大に就職したら、関西には戻って来られなくなるという危惧があったからね。みな京都から動きたくなかった、というのが本音だった」

「あっ、それでわかりました。みなさんが断ったから、多田君に打診があったのですね」

「ご明察。博士課程の三年生で、多田君は英語が誰よりも堪能な男だからな。専門のイタリア語より、英語のほうが出来たと視ている」

「その通りです。彼が東京の大学からうちの院を受験したときの逸話が、イタリア語より英語の試験の点数のほうが高かった、というものでしたからね。多田君は承知したわけですね」

「そういうことになる」

「もし、ぼくのところに話がまわってきても、青山さんたちと同様に断っていたと思います」

「……だろうな」

納得したかのように腕を組んだ。その恰好を見て間宮は、自身のなかを一陣の冷たい風が吹き抜けて行くのを覚えた。それはたぶん一年休学したがために、自分が置き去りにされた虚しさや悔しさの顕われなのだ。

「多田君は、北海道の高校を出て、東京の大学に進んで、大学院が本学の院だから、あまり土地というものに執着がないんだろう。そう思えるよ」

「かもしれませんね」

「短大の募集要項のなかに『健康診断書』の提示という項目があった。それで、多田君は左京区の保健所に出向いたわけだ。性病科ではない」

「保健所での検査結果が悪かった？」

「血圧が、一二〇――二三〇だったらしい。保健所専属の医師が、『あなたの体調は危険な状態だから、すぐに内科を、そう、特に、循環器系を専門にしている医院を見つけて、受診してください』と告げた」

「そう多田君があとで青山さんに語ったのですね」

「まあな。でも、短大のほうの公募の締め切りも迫って来ていて、どうしたら良いものか、彼は悩んでいたな。そうしたら、岡崎君が、健康診断書など、実のところ審査の対象にはならないから、出願したらいい、とせっついた」

「いかにも彼らしいですね。あのひとほど、自分の言うことが絶対だといった態度を露骨に出すひともいませんからね」

間宮は岡崎の風貌を思い出してみた。小太りだが、常にまわりの、特に人事の動きに目を光らせて行動する、それは肥えた狷介《けんかい》な狐とも受け取れた。

「高血圧だとわかってから多田君はにわかに悄然《しょうぜん》としてしまってね、とにかく循環器系を専門とする医院を電話帳で調べて受診した。それと同時に高血圧と明記した応募書類を作成した。岡崎君が背中を押して必要事項を記入させ、確か投函したのも岡崎君だったはずだ。初診の中川医院では採血をされて、三日後に再度、出向くようにと言われたそうだ」

「その日のうちに検査データが出ないんですね」

「大手の病院には自前の検査室があるが、個人のクリニックは外部委託しているところが大部分を占めるということだ。これも、多田君の例でわかったことだ」

「それで、先輩は多田君のことをいつ知ったのですか。」

「イタリア会館で岡崎君とたまたま出くわしたときだよ。たぶん、応募書類を投函した直後だったのではないかな。岡崎君がすっきりとした顔つきで、テンションも高かった。多田君の採用を確信しているみたいで、これでひとりライバルが減るだろう、とうれしがっていたと思う。健康診断書に正直に高血圧と記入したと言うから、その訳を聞いてみたら、話してくれたしだいだ」

「そうだったのですか。一年休学したおかげで、ぼくは巻き込まれずに幸いしました。それで、青山さんは多田君の面倒をみる気になったのですね？」

「それほどたいそうなことでもないけど、ぼくのアパートには空いている部屋があったので、多田君を介抱しようと考えて彼の住まいに出向いた。多田君は昼間から布団をかぶって臥《ふ》せっていたよ。相当調子が悪かったんだなあ、といまになって想うよ」

青山は埼玉県の出身だ。父親が会社の社長で裕福な家庭で育ったらしい。イタリア人の母の血を引いて彫りが深く、目が奥にうずくまっていて枯れ草色に輝いていた。

だから、フィアットで大学に通ってきていたし、借りているところもアパートではなくマンションだという。「面倒をみる」というのも、親切心からもあるだろうが、こうした住居やマイカーで自在に動けるということからも判断がついた。

「多田君は起き上がって布団をあげようとしたが、押しとどめてぼくが片づけた。それより、保険証とパジャマと財布を持ってぼくの家《うち》へ、と促すと、『ありがとうございます』と彼はぺこりと頭をさげた。ぼくは、健康が何よりも優先するから気にせずに来てくれ、と言ったよ」

青山には親切にしてやった、という驕《おご》りはいっさい見えなかった。

「それじゃ、多田君は、次回の受診まで青山さんのお宅に厄介になっていたわけですね」

レオナルド・青山という人物の包容力に間宮は一種の憧憬とともに、イタリア人の血が半分流れていることも関係しているのだろうと思った。あの国は電車やバスで高齢者や目の不自由なひとなどが乗ってきたら、どんなチンピラ風情の輩《やから》も即座に席を立ち、譲ることを怠らない紳士国なのだ。青山もそうした系譜を確かに引いている。

「そうだ。面白かったのはね、多田君がしきりとシューベルトの音楽を聴きたがってね。運よくCDがあったからよかったものの……。彼は『ピアノ即興曲』とか『ます』とか『死と乙女』なんかに何度も耳を澄ませていた。あくまで推察にすぎないけど、夭折したシューベルトの楽曲に、自分の生死のイメージを無意識の裡に重ね合わせていた、と想えてならないんだ。交響曲の要望はいちどもなかったから。『グレイト交響曲』なんかを鑑賞したら元気が出たろうと考えたけどね」

「そうですか。シューベルトの作品を……。何かわかるような気がします。ほんとうは、彼の好きなのはマーラーなんです。でも、ああいう状態では、きっとマーラーの曲は多田君をいっそう絶望に追いやったに違いない。だからこそ、メロディー性の豊かなシューベルトの曲に身心を委ねて、体調が悪化してゆくのを何とか防ごうとしたのだ、と思います。いや、状態が悪くなるのと釣り合いを取ろうとしたのだとも想定出来ますね」

間宮は周平とともに、マーラーの三番一曲だけのコンサートにおもむいたときのことを思い出していた。周平は高校時代から、マーラーの交響曲を楽曲番号の若い順から丁寧に鑑賞しており、それを「体験」という重みのある言葉で表現していた。一曲一曲聴くたびに、歓喜と絶望、それに希望や宿命が心の奥底に突き刺さって来たという。

「興味深い分析じゃないか。一理あるな」

青山は大きく頷いた。

「三日後の受診ではどうなったのですか」

「車で中川医院まで彼を送ってぼくも待合室で待っていると、ほどなく呼ばれた。彼は肩をすぼめたまま診察室に消えて、十分くらいして出てきたよ」

「診断の結果は？」

「同行社大学の付属病院を受診せよ、ということで、川井教授への紹介状をもらってきた。それですぐに支払いを済ませて車で向かった」

「緊急を要する、といった感じですね」

「まさにその通りさ。多田君の表情がこわばっていたからね。かなりショックを受けたみたいだった」

「あとは、『力』で描かれているのと同じだと思っていいのですね」

「いや、紹介された川井教授の外来担当日ではなくてね。紹介状を手にしたナースが多田君の名前を大声で呼びながら廊下の向こうからやってきた。多田君がぼくです、と挙手すると、

『今日は、川井先生の外来担当日ではありませんが、ほかの先生の診察でも受けますか』とね。多田君の表情が一瞬萎縮したけれど、すぐに『構いません』と回答してたよ。切羽詰まっていたと思うよ。

さらにあの付属病院の各外来診察室が防音の扉で造られている――真っ赤な嘘だよ。廊下とはカーテン一枚で仕切られていて、そのなかにまたカーテンが吊るされ、診察室と区切られていた。その『なか待合い』には長椅子が設けられていた。カーテンの奥からは医者と患者のやり取りが筒抜けだった。心外の極みだったよ。幸い、ぼくたちはいちばん最後だったからよかったけれども。プライヴァシー尊重の欠片《かけら》もないんだから。ぼくたちのまえに診察を受けていたのは未成年の女のひとのようだったが、風邪を引いたというだけで大学病院を受診している始末だった。個人の医院に行くべきだね」

「でも、よかったですね。そこでまた紹介状をもらって、京北病院に向かったことになる?」

「ああ、先生は中川医院からのデータを見分し、診立てを慢性腎不全とした。ここも『力』では再検査がなされたと書かれているけど間違っている。ただ、京北病院の松本先生を紹介してくれたのはその通りだ。病院に行く車中で多田君が叫んでいたよ。『天はぼくを見棄てなかった』ってね」

「その心情はよくわかります」

きっと周平がマーラーの交響曲第一番『巨人』第一楽章後半のメロディーを想起していただろう、と間宮は推察した。

「公募をみんなが蹴った分、多田君にその負の分が正に変じて運がまわってていのちが助かった、ということだ。結局、理屈ではわかるが、理《わり》ない話だよ」

「強運だったの一語ですね。ところで、応募書類の判定は？」

先刻から腕を組んだままの青山だが、腕を解かずに喋り終えたあと、糸が千切れたふうな表情になっていた。目が虚《うつ》ろなのだ。

「……。就職のほうの結果はどうだったのですか？」

「それが……みんなびっくりしたんだが、採用の通知が届いたんだよ。いちばん驚いたのは多田君自身だったと思う。彼はすでに入院して透析治療患者で、身動きが出来ない窮境《きゅうきょう》にあったからね。彼に『サルディニアの海』という英国の恋愛小説の翻訳があっただろう。それを先方がD・H・ロレンスの『海とサルデーニャ』と勘違いしたようなんだ」

「得をしたんだ。それでどうなったのですか」

間宮もその訳書のことは知っていた。献本されたからだ。何でも、性愛の描写さえ抜かずにあとは筋立てを守って一定の枚数にいたれば完成品とみなされる仕事で、あらかじめ翻訳技能の試験があり、A、B、Cとランクづけの評価が下されるそうだ。周平はAだったという。小説の内容は、一応作者はいるが、ストーリーをコンピューターで割り出すシステムらしく、もちろん一冊ずつ異なってはいたが、必ずハッピー・エンドで終わりとするのが鉄則だった。

「吉川先生が『君の判断に一任する。退くも進むも、多田君の決断に任せる』と告げた。透析導入時で多田君としても京都を離れるのが怖かったのだと思うな。ただ、こんなことがある日あったんだ――年が明けてまもない頃で、ぼくは多田君のアパートに立ち寄って、ポストから年賀状を取り出して病院に持っていった日に当たった。これも『力』では、あたかも自分がポストから出して鞄に押し込んだと書かれている。また嘘をついている。

その日、多田君は、小島さんというひとに電話で、『採用』の件を相談したらしい。そのときの返答が、母さんを札幌から呼び寄せて岐阜で一緒に暮らしたらどうか、というものだったそうだ。彼は母子家庭だったから、仲の良い友人からそう助言されて考え込んだみたいだ。けれども、その折りにはもう招聘辞退の詫び状を書き終えていて、吉川先生の見分も済んで送付のときを待つばかりとなっていた。先方の大学は透析患者でも構わないとまで融通を利かせてくれたのだが……。本人にしてみれば不安だったのだろうなぁ」

青山は嘆息した。間宮も溜息をついた。

「もったいない話でしたね。ぼくならどうしただろう？　もっとも英語の教員などは無理だけど」

「助手の前園さんやぼくをはじめとして、公募に振り向かなかった連中は、まさか多田君が採用におよぶとは思ってもいなかった。恥じ入るばかりだ。就職の斡旋があったときには素直にしたがうべきだ、と思いを新たにしたよ。イタリア語・文学科での採用ポストなど、万にひとつだからね。間宮君も、この出来事を教訓にしてほしい。それと、大学側の健康診断を毎年必ず受けること。多田君は怠っていたようで、宮下教授に叱責されていた」

「わかりました」

青山の忠告をまるごと飲み込むように深呼吸して応えた。

「ところで、先刻《さつき》の女のひとのことですが、先輩はこころ当たりでもあるんですか」

「ぼくもはっきりとは言えないのだけど、退院の日に、三か月の入院で荷物も溜まっているだろうから、と思って車で迎えに行った。ベッドサイドに、二十歳くらいの女性が腰かけていた。二人ともずいぶんと待ったようで、くたびれた表情で沈んでいた。ぼくが遅れたのがまずいのだが、これにも裏話があってね、岡崎君がいいところを見せようとして、『退院の日にはぼくがレンタカーで迎えに行くから』と言ったようなんだ。ぼくの預かり知らぬことだ。待っても待っても岡崎君が現われないので、多田君は彼に電話した。そこで、岡崎君がぼくに泣きついてきて、『レンタカーの手配がうまくいかないので迎えにいってやってほしい』と頼み込んだというわけさ。まったく、ひと騒がせな男だよ」

「岡崎さんらしいですね」

「格好つけたがるんだよ、彼は」

「それで、女性の気配を」

「そうだ。ぼくは待たせたのを申し訳ないと思って、新居に荷物を置くと、琵琶湖をドライヴしないか、と誘った。二つ返事で、喜んで、と返って来たね。病院暮らしからの解放感も手伝っていたんだろうな。三月だったけれどうららかな日だった。軽快に走って来たよ。途中、湖畔ホテルで食事をご馳走してあげた。二人は仲がよかったなぁ。まるで恋人同士のようだった。女のひとは、多田君をセンセイと呼んでいたよ」

「隅におけないですね。やりますね、多田君も。きっと、予備校の教え子ですよ。多田君はそのひとをどう呼んでいましたか」

「うろ覚えだけど、『子』はついていなかった。それにしても教え子かぁ。うらやましいな。あっ……そう言えばいた。ぼくは従妹《いとこ》くらいにしか考えていなかったけど、多田君の引っ越しの日に手伝いに来て、流しで洗いものをしていた女の子。そのひとじゃなかったかな。多田君の意外な一面だね。それが教え子だというのも」

　青山は感心しきりだ。

「……あのう、『力』で気になる箇所があるんですが、青山さんはどう思いましたか。例の恥垢を除去する場面ですが」

青山は来たか、とばかりに、

「あそこまで書く必要はないね。品格の問題だよ。小説には気品が大切だ。あの描写はそれを台無しにしてしまっている」

「先輩らしい見解ですね。ぼくは、やり場のない皮膚感覚を正直に描いた箇所として読みました」

「皮膚感覚ねぇ……単なる垢取りによる露悪趣味にしか思えてならないけどね。なにより不潔だよ」

と言って、青山は目を剝《む》いた。

「病魔の暗喩《メタファー》では」

「うーん、どうだろう。……いや、違うと思う。君はいやに多田君の肩を持つな」

「そうですか。ぼくは、最後の痴情の描写より肉感があると感じましたけど。臭いも湧き立って来て」

間宮はあの場面を読んですぐさま自慰をしたい気分に駆られた。ズボンを半分ほどおろしたが、なぜか留める力が働いてせずに終わった。いまだになぜしたくなってすぐ止めるにいたったか定かではない。

「君もだいぶ、おかしな嗜好を持っているね。ま、ラストの、交合《まぐわ》いまでにもおよばなかった、崩れかかった性愛の描写よりはましだけどね。嗤《わら》っちゃったよ、まったく」

「先輩、多田君はあそこがいちばんに書きたかったのだと思います」

「だから、反語の意味を込めてタイトルが『力』なんだね。脱力感に満ちているけどさ。まあ、いいや」

「青山さん、眼高手低《がんこうしゅてい》はいけないですよ」

「何、その四文字熟語は？　ガンコウ……」

「シュテイ、です」

「意味は？」

「はい。ひとの書いたものを批判ばかりせずに、自分で作品を書きなさい、といったところです」

「難しい言葉を知っているんだ。けれど、その通りだ」

「ええ。作品に込められた真実を読者は感受すればいいのであって、事実関係は二の次です」

間宮はこれまでの青山の批判的言辞を蹴散《けち》らす勢いで述べた。

すると、その青山が間宮の肩越しを指さして、

「噂をすれば、なんとやら、だ。多田君がやって来たよ」

間宮はあわてて振り返った。

「多田君、こっちだ」

青山が中腰になり落ち着きはらって呼び立てた。

「あっ、先輩、いま行きまーす」

多田周平が、盆に器を載せてやって来た。

「昼めし?」

「いえ、おやつの月見うどんです」

「元気だな。体調、よさそうだね」

青山の声に間宮のそれが重なった。はい、透析がことのほか順調でと周平が返答し、

「二人して何の話をしていたんですか?」

「助手の前園さんがいつポストを見つけて出て行くか、ということについてさ」

青山が即答した。

「ふーん。ずいぶんと先の話題になりそうですね」

「そういうこと」

申し合わせたように三人の顔が自嘲気味にほぐれた。

5

そのとき居間の電話機の傍《かたわ》らにいたのはたまたま周平だった。そうでなければ、晶子が受話器を取っただろう。周平は二回目の呼び出し音で受話器を持ち上げた。

「多田です」

いつものように応えた。これが晶子だと、「……でございます」となる。

「わたし、です」

その声に周平ははっとして、すぐさま振り返って晶子の様子をうかがった。彼女は夕刊に目を通していた。再度、振り向いて、

「……どうしてる？」

「声を聞きたくなって」

先方も低声で話している。周平も送話口に出来るだけ口を近づけて、

「離婚でもしたのか」

「いいえ。いまじゃ、二人の子持ち」

「何でまた？」

まだ周平は煙に巻かれた気分だ。

「逢いたくて」

「……いいよ。その気なら」

そう言ってまた振り向いて晶子を見た。気づかれてはまずいのだ。相変わらず新聞に目を投じている。ちょうど一枚めくったところで紙の音が立った。振り返りざまに、いつがいい？　と問い返した。

「土曜日と日曜日を抜かしたら、いつでもＯＫ」

「じゃ、平日だな。よし、透析のない日にしよう。来週の火曜日は？」

「いいわ。場所は？」

弾んだ声だ。

「京都まで出てこられるかい？」

「ええ。車で行くつもり」

「じゃ、JR京都駅の八条口にある新洛南ホテルで。その地階に、レストラン街があるけど、そのなかの日本料理店にしよう。日本料理店は一軒しかないから、すぐに見つかるはずだ。そこに、六時に、としよう。多田で予約を入れておくから」

「わかった。楽しみ」

「ぼくもだ」

そこで電話が切れた。周平は多少気持に昂りを覚えながらも、それを晶子に気取られないように、ソファーにゆっくりと腰を落とした。

「どなたから」

晶子がようやく夕刊から顔を上げて尋ねてきた。

「小寺さんからだ」

「小寺さん？　あのフランス語の先生と結婚しはった、インドの歴史を研究されている方？」

「そうだ。久しぶりに会わないかってね」

「そうなん？」

「来週火曜日に、新洛南ホテルで晩メシを食べることに決まった」

「そう。よかったやん。小寺さんとは、非常勤の予備校講師時代からのおつき合いよね」

確かめる口調で言った。

「そうだよ。インド史の専攻なのに、いや、それだからかな、英語を教えていた」

「周ちゃんは、世界史やったね。おもろいわ」

「予備校では、もっぱら、自分の専攻以外の教科を担当して、広く浅く見聞を拓いたものだ。受験など、所詮、その程度のものだからね。むろん、生徒はそういうことは知らないから、眼差しは真剣そのものだけどね」

晶子は頷いた。理解したのだろう。大学へ行く代わりに看護学校に進んだ彼女にしてみれば、予備校や大学などは未知の世界なのだ。

「小寺さんと食事するのも久しぶりだ」

「そやね。奈良やったけ、お住まいは」

「うん。奈良の、郡山《こおりやま》女子大の先生だからね。早く、火曜日が来ないかな」

そう告げて拳《こぶし》を口許に持っていき、手の甲で唇を拭った。どことなく後ろめたかった。


南千夏と訣《わか》れたのは周平が二十八歳のときだ。千夏は十九歳だったと思う。結婚を約束していたのに果たせなかった。

周平が病魔に冒されて入院していたときに、「抜け駆けしたの」と告白めいた台詞《せりふ》を手土産に見舞いに来てくれた。周平も授業中、いつも千夏の座席をさがしたものだ。目が会ったときには互いの表情がゆるんだ。そこには「相思相愛」という暗黙の了解がただよっていた。見舞いに来てくれたのも不自然ではなかった。進んで周平は受け入れた。頃は、二月半ばだったので、近畿地方の私学の受験はすでに終了していた。千夏は志望大学には受からず、第三志望校に合格した。自宅から遠いけれどその大学に通うことにした、とはじめての見舞いのときに話をした。

周平は病状が安定してくると外出が許された。京北病院の近所の公園から始まって、その範囲はだんだん広まっていった。食事の管理が大切なので住居を変えることを医師から勧められた。外出中に不動産屋をまわって通院に至便な場所に決めた。

千夏にも新居を見てもらった。

その折り印象を訊いたときの反応をおぼろげながら覚えている。千夏にはよくわかんない、と口走ったのだ。呆気にとられた。訊き返そうとしたが、その前に念頭に浮かんだのは、千夏に住居の良し悪しを判断する目などまだないだろうということなのだ。

外出中に食卓テーブルを買いに家具屋に出向いた際にもそうだった。千夏は、自分の家庭の視点からしか商品を選ぶことが出来なかった。彼女は五人兄弟・姉妹の長女だ。両親を含めると七人家族。そういう千夏が良いと推してくるのは大きな食卓ばかりだった。周平が求めていたのは、ひとり用の、将来千夏が加わってもふたり用のテーブルだった。そのことを千夏は承知しかねていた。残念だったが、自分の家庭を除いて他の家のことには想いがいたらない、いや、いまだおよばない年齢なのだ、と断念するしかなかった。

それで冷蔵庫や洗濯機などの家電製品は周平自身が見繕《みつくろ》うことにした。

次は引っ越しだ。入院中に越して退院後には新居に入れるようにしたかった。

退院間近と踏んだ二月の下旬に行なうことに決めた。同じ大学院の岡崎や青山が手伝いに来てくれた。

ここで千夏はあることを助言してくれた。それは本の荷をつくるときには小さめの段ボール箱を使うのが賢明だ、という点だ。書籍をまとめると存外重たくなるので、大きな段ボール箱だと持ち上げられない、と千夏が機転を利かせてくれた。というのも近畿電力に勤めている父親には転勤が多くそのたびごとの転居で、書籍の運搬はひと泣かせだったからだという。

周平の荷物といったって、そうたくさんあるわけでもなかったが、本だけが違っていた。いつのまにか溜まったのだろう――小型の段ボール箱十五個にやっと納まった。

二トン積みのトラックに載せられた荷は、距離的にはそれほど離れていないアパートから新居までを軽快に走行した。助手席には周平が乗り、新居で待っている岡崎や青山の許へと数分で到着した。千夏には旧居の掃除を頼んで、終わったらタクシーで来るようにと千円札

をわたそうとすると、千夏は札を見つめながら、

「お掃除が終わってから、先生と一緒に行きたいし、きれいにしなくても、たいして汚れていないわ」

唇をとんがらせて文句を言った。

「引っ越しの経験がたくさんある家庭で育ったひととは思えない発言だね。誰かひとりかふたりが残って掃除していかなかったかい？　立つ鳥跡を濁さず、というじゃないか」

「なら、千夏がその役目をするわけね」

「頼むよ」

「……。わかったわ」

不承不承千円札を受け取った。


その日はじき日没というところまで引っ越しの作業が続いた。青山に岡崎が照明器具やカーテンをつける作業にひと肌ぬいでくれたおかげで仕事がはかどった。千夏は予定通り掃除をしてアパートにタクシーでやってきて、主に流しに立ち洗いものをしていた。

全部の家具が予定していた場所におさまっていっぱしの家庭の感が漂った。

ここで近い将来、千夏と暮らすと想えば期せずして笑みがこぼれてきた。青山と岡崎とが、

もういいな、と部屋を見わたして口にした。

「今日は、ありがとうございました」

周平が頭を下げた。千夏も、どうも、とつぶやいた。じゃあな、と言って、二人は帰っていった。

「千夏も疲れただろう。入院中で、外出許可を利用してのことだったけど、気力も体力も尽き果てた感じだ。もう、やめにしよう。四、五日したら、また来て、続きをしたい」

「千夏も手伝っていい？」

「それはありがたいけど、今度はスリッパを持ってきて。足が冷えるだろう」

「うん。冷たくなってしまった」

「だろうな……」

と返して、周平は千夏の肩に手をかけて引き寄せた。千夏が目をつむった。二人は唇を合わせた。周平は舌を千夏の舌に巻きつけた。千夏も絡ませてきた。うまくなったな、と周平は感じ入った。千夏は背伸びをして周平を受け入れている。周平は千夏の腰に腕をまわして千夏を引き上げた。口の位置をずらしながら、千夏の唇を深く吸った。

「……息苦しいわ」

その言葉にかえって周平の欲求に火がついた。和室まで押して行って、千夏を腰から折り曲げるようにして倒した。目の前に目を見開いた千夏の顔があった。瞳に周平が映っている。胸に手をあて撫で上げた。千夏の息が荒くなっている。次に手がスカートのなかをいじくり始めた。周平は自分のベルトを外して千夏の下半身も露わにした。

立ち上がってズボンを脱ぎ棄てた。千夏は目を閉じている。

その千夏の芯に指を挿し入れた。千夏は両腕を万歳のように伸ばした。周平は今日こそはと念じた。

やがて指が体液に濡れてきた。抜いて、嘗《な》めてみた。一種独特な味がした。匂いを嗅いだ。木の実に似た生々しさが想起された。

開脚させて芯部に目を凝らした。糸くずのように絡み合った肉片が現われた。

鼻腔を近づけた。無臭だ。舌をあてがった。不思議な味がした。そのまま舌を這わせた。くすぐったいわ、先生、犬みたいやね、と千夏の声が低く小さくもれた。

犬という比喩に不意をつかれた気がしたが、臆せずに周平はなよなよした性器を掌で支えつつ、芯の中へと導いた。

しかし、芯の外側に触れても、内部には入り込めなかった。

心の内奥を隙間風が吹いてゆく。オレはまた拒まれていると思った。と同時にひっそりとして虚ろな眼差しが自分を見つめている気配を感じた。

案の定、千夏が上半身を半分ほど起こし怪訝な目つきで、犬となって難儀している周平を黙って見下ろしていた。軽蔑の色合いが濃く映し出された。

「まるで犬ごっこやね。千夏、まだ棄て切れてへんの？」

「……ごめんな」

「いつくらいになるん？」

「正直言って、ぼくにもわからない。本格的に回復しなくては、無理かもしれない」

それは、周平たちがやがて迎える新たな生活のまえに立ちはだかる苦慮とすら映った。

「男のひとの究極的な『力』のことやね」

「そうみたいだ」

指の体液をすべて嘗めてから言った。

「もう少し、時間をくれ」

そう弁解しながらも周平は細かい苛立ちを覚え、それがやがて黒っぽい痣《あざ》となって露呈するのではないかと懸念された。

「構わへんよ。まえにも言ったけど、うちは先生に、と決めてるから」

「ありがとう」

周平は千夏の露わになった下半身に衣服をかぶせた。自分も性器をしまって下着とズボンをはいた。

千夏は待つだけ待とうと決意した女性として、そうみなすにおよんだ自分の心情をうかがうかのように、暮れ泥《なず》む空の色に染まったヴェランダを見遣った。その横顔には大人になりかけの乙女のういういしさが宿っていた。

周平はベルトを締めながら吐息をもらした。

周平は外出の日を、千夏の都合のよい日に合わせて、二人して植物園や寺巡りを楽しんだ。手をつなぎ、さながら兄と妹のように散策を続けたが、そういうとき周平は千夏の手のぬくもりを感じつつ、己の内部に巣くっていた絶望への覚悟が漸次とろけ始め、希望への息吹に変容していくのを覚えた。透析の導入から二か月半あまりが経ち、血液と透析液の濾過によって生きている身に鑑みれば、肉体など透明な膜で濾された細胞の集まりに過ぎないとも考えられた。透析中、からだは少しずつ器械に濾過されて負から正へと復活してゆく。千夏とともに歩くことによってはじめて、周平は内面をすり抜けていく時というものを受け止めて、しっかりと地に足をつけている気分を味わった。

その千夏が大学に通い出してから、少しずつ変化していった。

退院した周平とは一日に一度の電話のやりとりが約束だったが、バドミントン部に入った千夏がしだいに手の届かないところへと離れていった。電話での話の内容や声の調子で、それは知れた。

「……いま、バス停横の公衆電話からかけてる。遅くなってしまってごめん」

声は優しいのだが、何かがはっきりと以前とは異なってきていた。周平は受話器に口をあてがい、耳も強く押し当てて出来るだけ多くの言葉を聞き取ろうとした。

「それで、家に着くのは何時になる？」

「十時過ぎやわ」

「どうして、もっと早く帰れないんだ」

しばしの沈黙が流れる。周平は千夏の返答を待つあいだ、漆黒《しっこく》の闇のなかに身が投じられた心持になった。周平は千夏から、その奥底より照り返される明るい言葉を待っていた。

「部活で忙しいの。先輩たちから応援の仕方を教わっている最中やから、千夏だけ早く帰れへんの」

「今度の日曜日に逢えないか」

「うーん……試合があるから。無理やわ」

苦痛だった。せめて砂糖を舌にのせた際に生まれる感覚が萌さないかと念じた。

「じゃ、いつ、逢える？」

「つまんない講義の日には、京都まで行けると思います」

「いいのか、さぼって」

「そこら辺はまかしとき」

「……そうか」

婚約したといえども所詮、他人同士にすぎないのだ。所帯を持ってもそうに違いない。ここは自分のほうが覚悟すべきだったと数か月後に後悔するにいたった。千夏に近づいてくる男子学生の報告を逐一受けることになったのだ。隠しごとが出来ない性分なんやの、と煙幕を張って喋りたてた。電話の向こうが逃げ水の体を呈して、ただ、逢えなくなった千夏の幻影を追い求める一方だった。

つまんない講義の日、とは単なる口実で、千夏はやってこなかった。そしてある初夏の夜の電話で、

「部活の先輩で好きなひとが出来てしまいました。報告します」

媚びる口調で言った。

「どういうことだ」

「……。先生とのおつき合いをやめにしたいの」

「それはないだろう。まだ、ご両親にもお会いしていないのに」

声が部屋の空気の底のほうに濁って沈殿していった。置き忘れられたと思った。

「それに、わたし、まだ処女やから」

「えっ？　それが何か関係するのか」

文句をつけた。気まずい沈黙が流れた。

「ホテルに行ったんや」

「ホテル？　その先輩とか」

「そう。でも安心して、何もせえへん、という約束を交わしてだったので。出るときに、ティッシュペーパーを丸めてまき散らしてきたわ」

周平は電話のある窓のそばから七月初旬の夜空を見やった。心のなかがささくれていたが、空は無数の星を呑み込んで澄みわたっていた。その清澄さに後押しされて、

「わかった。裏切ったんだね」

「ちゃうわ。先生にあげる、と言ったやんか」

強い語気だ。

「でも、そういう機会がもうないじゃないか」

ぽとりと大地に落ちてしまいそうな声音だった。身心すべてが千夏への渇きを掻き立てていた。

「だって、忙しいんやもん」

「そういう問題じゃないだろう」

周平の目のまえをざわついたものが通りすぎてゆく。それは鋭角にとがった物体の集積に似ていた。一方で千夏の自由を、大人の立場から認めてやらねばならないとも思った。周平は千夏の声を胸のなかにより多く留めようと、耳を受話器にいっそう強く押し当てた。千夏の芯を突き抜けていく想いと、その強度が重なった。

「……千夏、もう、よそうか」

どたん場に立っていた。

「えっ、わたしたち、終わりってこと」

「残念だけど、そうするのがいちばんいいと思う。ぼくも学生時代は楽しかったもの。千夏のそれを奪うことなんて出来ない。それに千夏のほうから言ったことだから」

周平はのどに渇きを感じていた。粘膜に唾液《だえき》を滲《にじ》ませてなんとかしのいだ。

「わたしの気持はどうなるん。自分ばかり突っ走って。ずるいわ」

すぐには応えなかった。もう一言を待っていた。しばし、圧迫感のある沈黙が二人のあいだに忍んできた。闇夜を明かりなしで歩きまわるような、未来に輝きを見出せないもどかしさが横たわった。次の言葉でなにもかもが決まるだろう、と周平は千夏がどう出るかを計《はか》った。

「……先生、聞いてはりますか。先生は勝手なひとです。わたしが洗いざらいその日の出来事を話しているのに、その意味をわかってくれしません。荒野に置きっぱなしにされたみたい」

周平はあえて反論せず、その先輩とうまくやってくれ、と言い棄てて、一方的に受話器を下した。

七月初旬なのに、例年より熱く、周平は水を飲みながら、うっすらと額に線を引いた汗を手で拭った。言い切ったあとに苦渋めいた滓《かす》が残った。だが、これでいいのだ。野に放ったほうが千夏には良いのだ。自嘲気味に己を慰め正当化している、そうした自分がみじめだった。

その後、周平は胸に大きな穴がうがたれたような空虚な日々を送った。千夏の姿が目のまえに現われては去ってゆく。腕をのばしてつかまえてもすっと通り抜けていった。訣別を告げた自分のほうが苦り切る始末で、千夏の心持を察するとお互いに切り刻まれた傷の深さが想い知れた。

あれから二十余年が経った。声も笑顔も唇の形も、はっきりと想い浮かべることが出来た。新洛南ホテルの地階の日本料理の店にはまだ千夏は来ていなかった。小上がりを予約しておいた。受話器を置いた七月のあの日と同じく、その夜も七月初旬だった。

二十分ほど遅れてやって来た。小上がりに上がるまえに、ご無沙汰しております、と頭を垂《た》れた。ほのかに頬が赤らんだ。周平は、どうも、と応えてから、ま、上がりなよ、と促した。

「こっちこそ、久しぶり」

サマーブーツを脱ぐその丸みを帯びた背中に視線を這わせながら言った。振り返って畳に腰を下ろした千夏の顔はふくぶくしく、肩から胸にかけて肉付きのよさが際立つ服を着ていた。四十路《よそじ》に近い女性の香気が全身からわき出ていた。

「ちょっと、肉がついたかな」

豊満とはあえて言わなかった。

「先生こそ、お元気そうでなによりです」

そこへ仲居がお茶を運んできた。すき焼きでしたねと問うたので、用意して下さい、と応えた。

二人は向き合ったまま言葉に詰まった。数分が過ぎた。

すき焼きの支度が出来たそのとき、仲居があとは奥様にお任せします、と言いかけたところ、あっ、ともらして、ではよろしく、と言い淀《よど》んで下がった。二人のあいだにはりつめた緊張の糸をいち早く感じ取ったと想われる。夫婦ではなく、ある種の男と女の逢引きだ、という気配を。

「先生、お腹《なか》、すいてます？」

「ああ、昼もありつけなかったからね」

周平が腹に手を当てがった。

「わたしはそうでもないんです。お友達が家《うち》に遊びに来はって、お菓子を食べすぎちゃって」

「ぼくがその分、食べるよ」

「もう、二十年あまりになりますね」

何をいまさら、とあきれながらも、訣れを言いわたしたのが自分であったことが思い出された。

「どんなひとと結婚したの？」

千夏は野菜や肉類を取り箸でつつきながら周平の方を向いて、税理士さん、と応えた。

「税理士さんか。それはよかった。もし、ぼくだったら、安定からはほど遠いからね」

「まだ、予備校で？」

「いや、洛陽大学で教えている」

周平は述懐しながら語った。まわりの空気が、もし大気に底があるとしたら、その底に空気が澱《よど》んで屯《たむろ》しているかのように、周平の気分はややもすれば過日の出来事に傾きかけた。放心した目つきに、眼前の光景が靄《もや》がかって映し出された。

「先生、大学の専任になりはってよかったですね」

「……まあな……」

「……なに、物思いにふけってはるの？」

「ああ。なんだか懐かしくてね」

「わたしもそうよ。先生は何も変わってへんわ」

「千夏もだよ」

「わたしは、お肉がついてしまって、すっかりおばさんになってしまった。子供も二人いるし」

周平はあのとき自分に甲斐性《かいしょう》がなかったことを、いらいらした思い出としていま一度歯嚙《が》みした。

「あの先輩とはどうなった？　いつ所帯をもった？」

その後の千夏の男性遍歴を確認したかった。

「先輩とは、結局、先輩・後輩の仲で踏みとどまったの。そして、わたしは、大学を中退して家事に専念した。弟や妹が多かったので。二十二のときかな、父の知り合いの税理士さんを通して、縁談の話があってね。そのときの相手がいまの旦那やの」

「そうか。結婚、早かったんだね」

千夏とのたった半年の交際期間が置き忘れられた光さながらに冷たく輝いた。

「婚約が決まったとき、父ったら、いまの旦那に頭をさげて、結婚式を挙げるまでは、どうか手を出さないでほしい、と願い出たの。びっくりしたわ」

「ほう。父親って娘にはひと知れぬ懐《おもい》を抱いていると言われているからね。千夏はきれいな身だったんだろ？」

肉と野菜を鍋に皿から移しながら、

「先生とのことがあったから……自分でもはっきりしてへんかった」

「大丈夫、千夏は無傷だよ。あのときのぼくは本復してなくて、みなぎってくるものがまだなかった」

「そうやったのね。心のどこかに引っかかっていたんやけど、やっと晴れたわ。さあ、煮えてきたから召し上がって」

「いただくよ」

千夏の過去が見えてくるにつれて、透析導入初期の一年間の季節の移り変わりが鮮明に肌を刻んだ――春は萌え出る草木に彩られ、夏はプールに身を浮かべて透き通る空を見上げ、秋は夜の冴え冴えした空気の香りで肺腑を満たし、冬はかすかに積もった雪から水の匂いを吸い込んだ。

「先生はどないな方と？」

「うん。透析室のナースだったひとと」

「それはよかった。きちんと管理してくれはるんでしょ」

「ま、仕事中の彼女と家庭での彼女はべつだけどね。だまされた、という感がするときもあるよ」

千夏は口許を押さえて一笑した。

「でも、先生にとっては強い味方には変わらへんわ」

「それは言えてる」

周平は解き卵のなかの肉と玉ねぎを同時に口に運んだ。

「千夏も一口くらい箸をつけてくれ」

「じゃ、いただくわ」

箸を取って鍋に差し入れた。そうか、千夏は左利きだったんだ、と思い返した。当時、左利きを右に直せと執拗に両親から言い立てられて困惑しているともらしたことを想い返した。

「結局右利きには直せなかったんだね」

「……努力したんやけど、無理やった。そのうち親も根負けして何も言わなくなった」

「よかったじゃない。無理に変えることもないんだから。ぼくが高校生のとき、『わたしの彼は左きき』という歌が流行ってね。一時期、左利きのためのハサミとかナイフが脚光を浴びたものだよ」

「へぇぇ」

千夏は野菜を挟んでそのまま口にした。はて、卵が苦手だったか。周平は遠い昔に目を投じるように、千夏の好みが何であったかをさぐろうと目を閉じた。だが、思い出の襞をいくら探索しても、いざ食事の場面となると容易に蘇ってこなかった。それは深い淵に沈んで決して浮かび上がってはこないくらい、すでに錆びついた記憶なのかもしれなかった。歌謡曲のことは思い出させても、短期間であった千夏とのつき合いでは土台無理なのに違いない。

「ところで、千夏からの電話は青天の霹靂《へきれき》だったのだけど、どうして逢ってみようと思ったのかを聞かせてほしい」

率直に尋ねた。

「どうしてはるかなぁ、って思って」

「それだけ？」

「そうやの」

「もし、そうだとしたら気まぐれの一語だね」

そう応えながら周平は、訣れを告げて受話器を置いた後も、千夏から二、三日おきくらいに電話があったことを想い起こしていた。話の中身はとうに忘れてしまったが、たわいのない事柄だったことだけは記憶にある。千夏の立場に立てば、いまだ定まらない気持のブレにいたぶられていて、それを解き放つために電話をかけてきたのだろう。周平はその時点で、信頼出来るセンセイになっていたわけだ。千夏の言葉に耳を傾けはしたが、上手に弄《もてあそ》ばれている気が芽吹いた。

今回の再会もそれと同じなのか。もしそうならば、千夏の手前勝手にもうつき合う気は消え去っていた。

「食べ終わったら、例の場所に行こう」

「え？　例のところって？」

千夏はぽんと箸を箸置きに置いた。

「旦那とうまくいってないんだろう。本音のところでは。ぼくを翻弄するのはやめてくれよな。モトカレに二十余年ぶりに電話をしてきたんだから、その理由のひとつに当然考えてもいいことだ」

「わたし、いまでも先生のこと、尊敬してます」

的の外れた回答を出してきた。

「……尊敬ねぇ。ぼくはあのとき果たせなかった行為を、今晩こそ、達成したいと考えている」

千夏は目をそらした。次にまっすぐ周平に向き直して、

「わたし、お腹いっぱいやから、察して下はります？」

満腹とは巧みな言いまわしだ。なら、なぜ電話をかけて来た？――その疑念が再び湧き起こる。

千夏は昔とちっとも変わっていない。

いや、過日とおなじ結果を見ることを判断できなかった周平にこそ非があるのではないか。

蜘蛛の巣にまんまと引っかかってしまった。助平根性が直っていなかったのだ。

しだいに鼻白んだ雰囲気が二人の間に噴出してきた。

「千夏は、貞淑な妻なんだね」

「……先生こそ、奥様がいてはるのに」

「ぼくは気にしないんだ。以前も似たようなことがあったからね。もう終わったことだけど、一年くらい密会を楽しんだよ」

「あきれた」

「ま、からだだけの関係だったから、やることをやってしまえば、すぐに飽きたよ。でも、かみさんでは味わえないものがあったねぇ。善《よ》がる度合いがひと並みではなかったから」

「その女性の側からすれば、毎日逢えへんのだから、二人で過ごすときには、懸命になるのはとうぜんやわ」

「なるほど。じゃ、今夜、精一杯になってみるのもいいんじゃないか」

「さっき、お腹はすいていないと言ったばかりです」

千夏は興ざめた嗤《わら》いを口許にほんのりと浮かべた。

周平はとにかく目のまえの料理を食べてしまおう、そして、二十余年前の失敗を繰り返さぬよう、食事後はきっぱり帰宅しようと腹をくくった。

「……先生、ごめんね」

「えっ？　いいんだよ。千夏らしいってことだ」

「また逢ってくれはります？」

どう対応してよいか判断がつきかねた。

「……今度は腹がくちくないときにしてくれ。それが条件だ」

千夏はなかば啞然とし、なかば望みを捨てたようにうつむいた。

その視線の先に周平も目をやりながら、これでいいのだ、再会は無事に済んだ、千夏が満ち足りた生活をしているのが知れたことだけでも幸いとしなければ。

周平は得心の念をみずからに注ぎ、観念し食べてさっさと引き上げることにした。

6

「多田さん、人間のからだは何で成り立っているか、ご存じですか」

内科部長・小宮山健二《こみやまけんじ》という名札をつけた、頭半分が白髪の医師がやわらかい声音で訊いてきた。

「……水ではないですか」

「ええ、水もそのうちのひとつです。ほかに何か思い当たりませんか」

周平には水以外思い浮かばなかったので、はて？　とつぶやいて沈黙した。

「その答えとなるのが、今回、多田さんに腎移植の決断を急いでいただきたい理由となります。血管ですよ」

「ああ、なるほどねぇ。血管とはねぇ。まいりました」

周平は右手を頭にやった。

「それで、からだ中にはりめぐらされている血管がどうして、腎移植の決意と関係があるのですか」

「多田さんは、透析をされていますね。もう何年になりますか」

「再透析に入って、五年目になります」

「五年目だともういっぱいってところですね」

「いっぱい……。何が、ですか」

「それは血管ではないのですが、血管とおなじ管の一種が劣化して、つぶれてふさがっているかもしれないのです」

「その管も、からだを成り立たせている？」

「多田さんの場合はあくまで、腎臓に焦点を絞ってお話ししていますので、答えは尿管です」

「尿管、ですか」

「はい。もう無尿の状態だと推察されますが、おしっこが通らなければ、尿管は使われないので退化してしまい、膀胱《ぼうこう》も、萎縮してしまいます」

ここまで話が進んで、やっと周平の脳裡を通り過ぎていくものがあった。

「先生、思い出しました。ぼくの最初の移植手術は透析導入後、数えで四年目でした。死体腎移植（献腎による移植）でしたから、尿が出るまで一週間から十日はかかる、と主治医に言われました。これが、肉親からの移植ならすぐに尿が出るということでした」

「で、何日くらいで出ましたか」

小宮山医師は、目を輝かせて問うてきた。

「十日ほどでした。そのときです。尿意が生じて、出そうと踏ん張ると、おなかに差し込むような痛さが走ったものです。何かの塊をこじ開けていくような、ミリミリとした疼《うず》きでした。ちょうど病室にいた若い医師に、すごく辛い、と訴えても、黙ったまま腕を組んで、苦しむぼくを傍観者のような眼差しで見ているだけでした」

「そのきりりとした痛みこそ、尿が、つぶれてしまっている尿管をむりやり開けている証拠で、その際に生まれる痛みなのです」

「なるほど、そうでしたか。あのときの青年医師にはわからなかったのですね」

「わかっていたとしても、手の施しようがなかったと思いますけどね。それで、痛みはどれくらいつづきましたか」

「はい。二、三日で止んで、ちょうど尿が一リットル溜まったときと同時でした。主治医の先生から、手術の成功を告げられました。ほっとしたのを覚えています」

「四年目での手術で、急な痛さなのですから、再透析五年目のいまではもっと痛みが激しいかもしれません」

「そうですね。移植手術といっても、透析導入後の年数に限りがある、ということですね」

「そうです。ですから、多田さんも今年中に適合する腎臓が見つからなかったら、いっそう厳しい状況におかれるわけです」

「先生、ドナーの方の尿管も一緒に移植するわけにはいかないのですか？」

小宮山はここぞとばかりに、

「あります。尿管膀胱吻合《にょうかんぼうこうふんごう》という手技があって、ドナーの方の腎臓と同時に尿管も摘出する手術です。しかし、これはドナーの方の腎臓の状態いかんによります」

「ぼくの場合は、尿管までは提供されなかったわけですね。わかりました。ありがとうございます」

周平は一礼して、診察室をあとにした。

小宮山医師の話ぶりは整然としていて、京都の碁盤の目の整理された街並みを想わせた。

そして踵を返す瞬間に、もう移植の再登録は更新しないことを決めていた。二度目の自分に再移植の順番がまわって来るはずもないだろうし、術後、もうあの下腹部に響く疼痛をこらえる忍耐力はないだろうと推してのことだ。移植、移植と、薔薇色に叫べないことがわかったからだ。

翌日の夕方、いつものように透析治療を受けに京北病院に出かけた。ここの透析科の歴史は古く、開院以来ずっと透析医療を専門にやってきた。ビルの二階を透析室や更衣室、それにラウンジに当てていた。周平にとって幸いしたのは、一階の一角が、病院の売店も兼ねたコンビニであることだった。透析終了後の空腹を満たすのにコンビニの存在は欠かせないものなのだ。

更衣室でパジャマに着替えると、バスタオルと普通の大きさのタオルを抱えて、透析室へと向かう。透析室と大きな文字が書かれている扉は自動式だ。

なかに入るとまず体重を測る。もう無尿の状態だからどれだけ水分が増えているかがひと目でわかる。その日の除水量と関係してくるので、この体重測定は大切な行為なのだ。予想より増えているとたんに鬱陶しい気分に襲われて、水分を取りすぎたことに悔いが萌した。

体重を書き留めてくれたナースからメモを受け取って、所定のベッドにゆっくり歩いていく。ベッドにたどり着くと、枕をタオルで巻きバスタオルをシーツの上に敷く。ひとりの治療が終わるたびにするシーツ交換が保険の点数のため出来なくなったので、持参のバスタオルやタオルを使用する。夏場だと茜《あかね》色の夕陽が周平やベッドまるごとを包み込んで平たく広く染めていく。中秋のいまはもうすでにその光景が去ってしまった。

タオル類を敷いたあと、ベッドに寝転がって、穿刺のナースがくるのを待つ。

周平は向かいのベッドの富坂さんがいないいなと思う。もう、三回ほど彼は透析に来ていない。べつの曜日に変更となったのだろうか。

透析治療は、一週間に三回受けなくてはならない。二つのグループにわかれていた。月・水・金のグループと火・木・土の組だ。透析時間は一回につき四時間である。用事などで、曜日変更が可能だ。富坂は所用があったのに違いない。

富坂は、十六歳から透析治療を受けていてかれこれ三十年近くになる、透析医療の初期からの大ベテランだ。

ほどなくナースがやってきて、体重のメモを一瞥してから除水量を相談し合う。各患者には、ドライ・ウエイトというそのひとの体調に見合った体重が設定されていて、からだのなかに溜まった水分を、その値まで除水することになる。ドライ・ウエイトまで水分を抜くと、声がかすれてしまい、呂律も回らなくなっていらいらする。だから理想的にはドライ・ウエイトに五百グラム足した体重がよい。

周平は右利きだから、穿刺するときは左腕を差し出す。ナースが聴診器を左腕の動静脈血管にあてがう。この血管は、腕の芯部を走る動脈と表面の静脈をつなぎ合わせて出来た新たな、動脈も流れる静脈の血管である。動脈の血流のほうが静脈より速いから、その新規の血管は盛り上がってくる。穿刺はその血管の二か所で行なう。一方が血流を外に取る役目で、人工腎臓《ダイアライザー》に向かってビニールのチューブを流れていく。もう片方には、ダイアライザーの内部で透析されたきれいな血液が戻ってくる。

大切なのは円筒形のダイアライザーの内で行なわれる透析の原理である。その中身は無数の、側面に微小の穴が開いた繊維の束で成り立っていて、ダイアライザーの外部から流れてくる透析液と、血流中の水分やゴミ（毒物）が浸透圧の原理で混じり合い、濾過されきれいな血液になって、もう一方の穿刺部分へと還ってくる仕組みになっている。ほんとうはこの交換作用を腎臓が果たしているのだが、腎不全の状態では叶わずで人工に行なうわけである。日頃は気にも留めていない腎臓の役割がとたんに浮き立って、己を強く主張するかのようだ。

動脈の流れる動静脈血管では、動脈の性質上、手で触ると心臓の拍動が掌にたいして脈打ち、生きている実感をつかむことが出来る。聴診器を穿刺する血管にあてがうのは、その血流の音を聞いて、穿刺が可能かどうかを確認するためなのだ。

血流の有無を確かめると、二か所を消毒して、「刺すよぉ」とナースが小声でつぶやいてぐいっと針を押し込むように挿入してくる。ナースによって上手い下手、また患者の腕との相性もあって、そのときどきで痛いときも、いっさい痛みを覚えない折りもある。激痛のときもあって悲鳴をあげてしまう。三センチほど針を血管の中に挿し入れているそうだ。簡単に抜けないようにするためだという。

その日の穿刺は痛みがなくすんなり入ったので、ゆとりが出来て富坂のことを尋ねてみた。するとナースが、知らなかったの、という顔つきで、

「富坂さんは移植したの。適合する腎臓が見つかったのよ」

「移植？　あのひとは移植反対派だったのになぁ。透析一本で行くと豪語していたのに」

「それがね、適合者が四人いて、誰が手術を受けるかということになってね、いちばん透析歴の古い富坂さんこそ、ふさわしい、ということになったんだって」

「そうか、もう三十年近くも透析しているからな。資格は充分あるね」

周平は感慨深げに、同時に頷くナースに向かって述べた。

周平は、富坂とめったに口をきいたことはなかった。真向かいのベッドでありながら、隣や斜め向かいのベッドにいる患者とも交流がなかった。ただ、富坂とはあることで接点を持つ機会があった。

それは透析を導入して一年余のことだ。ある夏の金曜日の夜、周平の住むアパートにナー

スの西垣晶子が、とつぜん訪ねてきたことから始まった。晶子は、「いま下に、富坂さんに待ってもらっているの」と早口で言ったので、扉は開けたが招き入れることは出来なかった。

「何か用事？」

周平が訊くと、

「多田さんのアパートのまえを通ったので、ちょっと顔を見たいと思ってね」

屈託なく言った。

「富坂さんの車で？」

「そうなんよ。多田さんも来はる？」

平然とした物言いで誘ってきた。周平は一瞬、たじろいだ。

「いや、いいよ。もう夜も遅いから」

「あらっ、まだ九時をまわったとこやよ」

訝しげに首を傾げた。

「ぼくには遅い時間なんだ。さあ、富坂さんを待たせちゃいけない。もう行きなよ」

周平は故意に急《せ》かした。

「そうなん。ほなら、行くわ。ごめんな。とつぜんで」

「いや、それはいいんだ。今度はひとりで来てね」

「……わかった」

晶子はまずまず満足したという顔つきになって、踵を返すと階段を下りて行った。

彼女は気さくな性格で、患者たちのあいだでも受けが良かった。

周平も憎からず想っていた。その晶子が、こともあろうに富坂と一緒に夜のドライヴとは――二人はつき合っているのだろうか。いや、そうではないだろう。もしつき合ってるなら、オレのアパートに寄るはずがない。

それから一か月後のことだ。それも透析治療のない金曜日の夜だった。

晶子が前触れもなくひとりで訪ねてきた。今回も九時頃だった。チャイムが鳴るので、誰だろうと思って出てみると、普段着姿の晶子が玄関口にたたずんでいた。

「こんばんは」

「……西垣さん……」

「来てしまった」

「何か用事?」

「ちゃう、これといってないねん」

「ま、あがってよ」

「いいん?」

「かまわないよ。きたなくしているけど」

「じゃ、あがらしてもらうわ」

晶子は上がり框で後ろ向きになって靴をそろえると、部屋に入って来た。

「今夜は富坂さんと一緒じゃないんだ」

「そうなんや」

「ぼくのアパートに来るなんて、どういう風の吹きまわしかな」

「まずかった？」

と言いながらも、表情に後ろめたさは浮かんでいない。白衣ではない姿を見るのはこれで二度目だが、職場とはちがった趣《おもむき》を醸し出している。

「富坂さんとは、もうええの」

唐突に晶子がつぶやいた。八重歯がこぼれた。

「ということは、つき合っていたんだね」

「ええ。二、三回、彼のマンションにも行ったわ。この前、立ち寄ったときもそうやった。あれからドライヴして、マンションに……」

「そうか。立ち入ったことを聞くけど、何で別れたの？」

周平は晶子の応えに興味津々だ。二十歳くらい年齢差のある、富坂と晶子の恋愛の破綻物語は聞くに値すると思われた。

「わりと単純なんや」

「あっさりしてるね」

「うん」

晶子は悪びれもせず、周平をまっすぐ見つめている。

「あのね。富坂さん、ダメやの」

いっとき何を言わんとしているのか、周平は見当がつきかねた。

「……ダメって……」

「そう、役立たず、なんやの」

そこまで来てやっと納得がいった。

「わかった。いわゆるあれだね」

「そう。あれなんの」

「どうして？　西垣さんに積極性がなかったんじゃないの」

「いいや、富坂さん、いろいろと工夫を凝らしてくれはったもの。わたし、すっかりとろけてしまって、あとは総仕上げを待つだけやった。そやけど、挿《はい》って来うへんの」

周平は露骨な言い方をする晶子に開いた口がふさがらなかった。そしてどうして自分にこんなプライヴェートな事柄を平然と打ち明けるのか、と思い、ひょっとしたら、という希望を抱いた。南千夏とのことがあってから、今夜こそ上手くいくかもしれないという明かりが見えてきた。

「富坂さん、もう透析歴、三十年を超えているやろ。そのことをわたしが忘れていたわけやの。三十年近くも透析を受けているひとはダメになることがあるのを知っていたのに、わたしったら。だから非はわたしにあるんの。そやかて、富坂さんは、出来ない自分をさらけ出さざるを得なかったのだもの。気の毒なことをしてしもうたわ」

「富坂さん、何て言ってた？」

「ごめん、と頭を下げはったわ。薬を切らしてしもうてね、と申し開きをしてはった」

「そうだったの。それで、その後は？」

「もう一度、チャンスがあったのやけど、やっぱりダメだった。また薬の有無のせいにしはっていたわ」

「なんだか、切ない話だね。薬があっても、もう無理なんじゃないかな。でも西垣さんは、どうしてそういう富坂さんに期待をかけたの？」

「彼が独身やから。妻子持ちは嫌なんよ」

「…………」

「その気持はわかるよ。お互い、二十九だものね」

「もういい年やわ」

「そんなことはないさ。昨今は晩婚化傾向なんだから」

「そやかて、早く結婚したいわ」

「そうだね」

周平の性器は心なしか昂り始めている。晶子を見つめた。彼女の瞳孔は収縮を繰り返していた。

「まあ、掛けてよ」

周平は大きめの籐椅子に手を差しのべた。晶子はゆっくりと腰を下ろして脚を組んだ。その仕草には想い当たる節があった。

同じ透析室のナースで川端奈菜がやはり遊びに来たときのことだ。なぜ部屋に立ち寄ったのかいまでもわからないが、そのときも周平は籐椅子に川端を座らせた。川端が脚を組んだ。周平は時を待たず、横に滑り込んでその唇を奪おうとした。だが川端は顎を内側に深く引いて口づけを拒んだ。何度試みてもうまくいかなかった。諦めた周平は、今度は組んだままの脚の隙間から手を這わせた。川端は脚を解いたが、受け入れるのではなく周平を突き飛ばして立ち上がった。そして、いい加減にしてよ、と甲高い声を上げた。周平も、なら、何でここに来たんだ、と言い返した。川端は一瞬沈黙したが、とうとう応えずに、帰るわ、と棄て台詞を吐き出て行ってしまった。

そのときの屈辱は二度と味わいたくなかった。でも、いま目のまえに腰を掛けている晶子をまざまざと見て、周平は今度こそ、と思いいたり、静かに横に座って、肩に手をまわした。まず、胸に手を触れ撫であげた。そしてブラウスの裾から手を差し入れ、手を上へと滑らせてブラジャーの上から乳房を覆った。晶子はされるがままになっていた。周平はそのままの姿勢で唇を首に押し当て最後に相手の口をふさいだ。晶子の荒い息遣いが耳に入ってきた。その腕が周平の背中を抱え込んだ。

二人は唇をコンパスの一方の針としてしっぽりとひとつになった。

やおら、唇をはなすと、周平が、

「今晩、泊まっていきなよ」

と誘った。

「いいん?」

「ああ、明日、勤務がなければ」

「明日は非番やわ」

「そう。じゃ、シャワーでも浴びておいでよ」

「ありがとお」

晶子は浴室に消えた。

周平は布団を敷いた。ひとり分しかないけど構わないだろう。

晶子が浴室から出てくると周平は衣服を脱ぎ棄てて浴室へと走り込んだ。


周平が、西垣晶子にたいして、多少なりとも恋愛感情を抱いていなかったと言ったら嘘になろう。二十五人ばかりいる透析室のナースのなかから気に入った女性を選ぶとしたら、川端とともに、晶子は五本の指に入る存在だったのだから。

その夜、二人ともシャワーで身を清めたあと、周平は座布団をまるめたのを枕とし、晶子が周平の枕に頭を載せた。晶子は緊張していて周平の唇や手の動きにはじめぎこちない反応を示したが、ものの二十分もすると指の動きに合わせるかのように全身をくねらせ、首を左右に振った。周平の性器は早々に硬く屹立していた。

股を開かせ、行くよと口走って、ひと思いに挿《い》れた。と、晶子が善《よ》がり声をもらした。

周平は眉根をすぼめて何かに懸命に耐えている晶子を見つめながら、往復運動を繰り返して一気に精を放った。同時に上体を晶子にかぶせた。

「……多田さんが出来はるとは思わんかった」

目を開いて晶子がつぶやき、身を起こして周平のからだからすっと抜け出た。

「西垣さん、ひょっとしてはじめてなの？」

トイレに立った晶子に投げかけた。そして戻って来るや、少し出血していたわ、と気恥ずかしげにつぶやいた。

「……耳学問だったんだね」

周平は透析室での会話で、晶子がもうすでに知っていることを、その内容から信じて疑わなかった。周平もやっとうまくいった。意識の裏にいまだにこびりついている千夏との一件が想い出された。宿願をやっと達成した気分だ。

それを振り払うように立ち上がって明かりをつけた。ふらりとからだが傾げ、影が騒がし気にゆらいだ。二人は露わな姿を確認するかのごとく凝視し合った。晶子の恥毛が濡れているのか沈んで見えた。周平の性器が再び頭をもたげてきた。晶子が、お願い、消して、とうるんだ声で言った。周平はスイッチを切らず身をかがめて晶子の芯に舌を挿れ、樹液を吸った。

「病院で逢うのが恥ずかしゅうなってしまうわ」

周平が蜜を嘗めている姿を、上半身を起こしてぼんやりと見ながら不安げに言った。

「知らんぷりしていればいいんだ」

過日の川端奈菜の一件を想い起こした。彼女はあのことがあってから、二階の透析室勤務から五階の内科病棟へと配置換えとなった。懇願したという。

「……顔を合わせたくないなら、二階からどこかの階に異動願いを出せばいいんだ」

周平が顎を浮かせてなだめた。

「そうやね。そうしようかしら。じつはわたし、透析室の勤務だけしていると、他の病気の看護が出来なくなってしまうかと心配やったの。透析医療は特殊さかい」

「なるほど。そういうこともありだね」

「そうや」

肯定すると、晶子の眼差しに光が宿った。

その後、晶子は三階の外科病棟へと異動となり、外科から一名が透析室に移って来た。


その一年後の春だ、移植の報せが来たのは。適合する腎臓が見つかったという。心が騒いだ。周平はまっさきに晶子に相談した。晶子は一億円の宝くじに当たるようなものだから、と周平を諭《さと》して移植の手術を強く勧めた。周平は医療従事者である晶子の言葉を受け入れ、電話をかけてきた市立病院の担当医師に合意の返答をした。

手術は回答したその日の夜にさっそく行なわれた。有無を言わせずといった時間の流れのなかで、患者として身をゆだねるしか手はなかった。胸が苦汁《にがり》で塞《ふさ》がれた重苦しさがついてまわった。

術後の回復は順調で晶子が毎日のように見舞いに来てくれた。いつのまにか、二人のあいだにあった膜が透明に移ろい、確実にすぎてゆく時の経過を実感することが出来た。十日くらい経った頃、尿が、下腹に疼痛をともないながら滴り落ち出した。

性器にはカテーテルが挿入されていて、尿はそこを通過して秤《はかり》の上に載せられた大きめのビーカーに注がれていく。その尿量が一日で千ミリグラム溜まった時点で手術は成功となるそうだ。縮んだ膀胱のあたりで発生していると思しい痛みに耐えるため、腹を押さえ、力《りき》まなければならなかった。苦痛にあえいでいる周平の背中を見舞いに来てくれていた晶子がさすった。医師に訴えても返答はなしで、含み笑いさえ口許に浮かべて、ただ尿量だけに注意を払っていた。

早晩、尿が千ミリグラムに達した。カテーテルがはずされてベッドを自由に乗り降り出来るようになった。快挙だと感慨深く感じた。

そうして退院間近の頃、晶子が言葉を紡ぎ出すように語りかけてきた。周平はベッドの上で聞くことになった。

「あのね」

「うん」

「そやさかい」

「ああ。……何を言いたいんだ」

「妊娠したんやって。昨日、産科を受診してきたの。周平さんの子よ」

全身がどこか遠くに吸い込まれていくような奇妙な感覚に見舞われた。晶子は周平が戸惑うまえに周平の子だと先手を打ってきた。手術を受ける以前に交わっていたときの子だろう。認めないわけにはいかなかった。周平は避妊の術《すべ》を踏まずに性交を繰り返していた。一度試みてみたが、晶子のほうで、痛い、と訴えてきたのではずしたのだった。

透析者の自分に子供が授かるとは想像すらしていなかった。そして、周平のからだの状態について理解の深い職業の女性を生涯のパートナーとして迎える僥倖を天運だと思った。

晶子はナースという職業柄、身体障害者である周平に偏見を抱かなかった。これは周平にとって得難いことだ。それでも周平には、晶子との関わりでまだ恋人と夫婦との境界線上にたたずんでいるとの思いが強くあった。籍を入れることに逡巡があった。ほんとうに晶子は周平を夫として選択することにためらいはないのか。こちらのほうが身を引くべきではないのか。ふと、余命について考え込んでしまうのだ。透析医療の可能性をどこまで信じていいのか。寿命ではなく定命なのではないか。

「わたし、京北病院を辞めて、専業主婦になりたいんや」

晶子は積極的だった。そういう晶子を眺めているうちに、だんだんと周平の気持の底に光が生まれ、揺らぎ、あたりを万遍なく照らし始めた。入籍の決意をするときが来た。

十か月後、元気な男の子が生まれた。


その移植腎だが、八年間しか保たなかった。理由は最先端の医学でも解明出来ないとのことだ。移植腎の末期には、水がたまってからだがぶよぶよして気が落ち込んだ。移植五年目にして熟睡中に小用のため起きなくてはならなかった。そして六年目七年目と年数が経つにつれて、血圧も上昇した。透析導入時と同じ症状が顕われた。二度目だからうまく折り合いをつけられるだろうと願ったが、それほど事は単純には運ばなかった。苦慮と苦渋が容赦なく身と心を覆っていた。

市立病院の医師に、祈るように再透析を願い出た。

「血液検査の値では、まだ移植腎の機能は大丈夫なのですがね」

医師はデータ表を横目に言った。

「ですが、しんどいんです。水を抜いて下さい」

「……そうですか。それでは再透析に入りましょう」

「ありがとうございます。天の救《たす》けです」

周平は再び京北病院への通院透析を開始した。ベッドは古株の富坂の向かいだった。

富坂が移植手術を受けたのだから、透析とは縁が切れたことになる。祝福すべきことだ。しかし、周平が富坂のことを訊いた次の透析日のとき、富坂のベッドに花束が置かれてあった。穿刺担当のナースに尋ねてみた。

「あの花束は？」

「あれっ？　あれはね、富坂さんが亡くなったからなの」

「えっ、移植手術、うまく済んだのではなかったの」

不思議に思えた。

「手術はね、成功したの。でも予後がダメだったみたい」

穿刺の注射器を手にしたまま、彼女は富坂のベッドに視線を走らせた。

「あの方は三十年近くものあいだ、透析を受けていたでしょう。無尿になってからだいぶ経っていたため、尿管が劣化してつぶれてしまっていたらしいの。それで移植腎でせっかく作られたおしっこが、膀胱にまで流れつけなかった……」

「つまり、尿が排泄されなかった。尿管が機能しなかったんだね」

小宮山内科部長の言葉が想い浮かんだ。富坂の場合、尿管膀胱吻合の措置が取られていなかったことになる。

「そう。だから、尿が逆流して移植腎を襲って感染症に見舞われて、亡くなったわけ。何度も尿管を開く手術をしたようだけど、むだだったみたい」

「尿管が開かなかったせいか……。気の毒だな。なんでも移植すれば良いというのではないんだ。無尿になってから、尿管が退化してつぶれてしまわないうちに、ってことだね」

「普段使っていないと、どの器官も機能しなくなる」

注射器を握ったまま、しみじみとした口調でつぶやいた。

周平は再移植を急ぐよう促してくれたあの親切な小宮山医師のことを再度想い起こした。そして次に、移植手術後に生じた、排尿の際の下腹に切り込むような鋭利な痛みが蘇ってきた。

周平の場合、まだ尿管が完全にはつぶれていなかったのだ。すんでのところで助かった。そう回顧していると、「刺すよぉ」とナースが低い声で言って穿刺がなされた。

今日もまた何千回目かの四時間透析が始まった。

7

各種のローンの支払いが滞り、弟の武彦がついに自己破産宣告をして夜逃げどうように、札幌から周平の暮らす京都までやって来たのは、初夏の頃だ。残された家族は、義妹の実家がある帯広市に移る予定だという。

「いずれ、こっちに呼ぶつもりだ」

自信ありげに言った。

武彦は周平が書斎として借りている、自宅から三分あまりの部屋に寝泊まりすることになった。

「すぐに働くから」

「やっぱり、タクシーか？」

「そうするよ。それしかないんだもん」

武彦は二種の免許を所有しており、それを充分に生かすしか生計《たつき》の術がなかった。札幌では幌南タクシーに勤務していたが、正社員にはついにしてもらえなかったらしい。そのまえの市営バスでも同じ扱いを受けた。武彦にとっては不本意だっただろうが、その性格からして、正規職員に抜擢されるのはとうてい無理だろうと周平は視ていた。周平はこれまで弟と胸襟を開いて話をしたことがなかった。彼の未来を深く思いやることもなく、ただ不信感と不安な思いを募らせるばかりだった。武彦のこれまでの行動のすべてがそうした周平の想いを裏打ちしていた。

前科があったのだ。市営バス勤務の際、料金箱の回収係りを担当した武彦が、そこから相当額の金銭を抜き取っていたことが暴《あば》かれて訴えられた。市営バスを馘首《かくしゅ》され、三年間の執行猶予がついて、幌南タクシーに入社したわけだ。

武彦には金銭に対する脇の甘さがあった。魔が差すと言っていいのかどうかわからないが、一定の期間をある会社で過ごすと、必ず会社の金に手をつけるか、支払いが出来ぬほどの買い物をした。市営バスの一件のまえにも、郵便配達のアルバイトをしている頃、郵便局の金庫から金をちょろまかして解雇に追い込まれたことがあった。幌南タクシー勤務でも、ステレオやスピーカーなどの音響機器をそろえてローンを組んだはいいが、畢竟《ひっきょう》、支払いに追いまわされて逃げる一方だった。

「いい加減にしろ」

周平は苦い思いを抱いて怒ったが、武彦には馬の耳に念仏の感が強かった。

「由佳《ゆか》さんたちをいつ呼び寄せるんだ？」

「家内にはこの秋に帯広を発って京都に来てもらう。それまで職をさがして一定の収入を得ていなくては」

武彦の声音には真剣味がこもっているのだが、この種の話を聞くのはこれで何度目に当たることか。心底なにを考えているのか見当がつきかねた。周平はその言葉を耳にするたびに、肌の内側を剝き出しに晒《さら》されるような苦痛を覚えた。

「やるだけやってみろ。京都は観光地だから市街はにぎわっている。タクシー業界はいつも運転手の募集をしているから、すぐに見つけられるさ」

「あしたから動いてみるよ」

武彦の声は艶があっていつになく伸びやかだった。今度こそはと気を引き締めているに違いない。周平は武彦の肩に手を置いて、頑張れ、と励ました。

タクシー会社はすぐに見つかった。ＫＫタクシーという他社よりも安価な運賃で知られる会社だ。運転手は著名なデザイナーの考案した、そろいのスーツや帽子を身にまとい、応対も丁寧で、京都では人気のタクシー会社だ。ＫＫとは、「近畿交通」の略称だ。

入社の際の保証人は、不承不承、周平が引き受けた。

武彦はさっそく働き始めた。出勤するまえに、京都市の地図をひろげて事細かに通りや筋の位置と名前の確認を行なった。最初は助手席に研修監が乗車して運転能力を調べられるのだという。

「札幌でタクシーに乗っていたからだいたいの予想がつくのだけど、はじめは運転手用の公衆トイレの場所を教えてくれるんだ。こんなところにあったのか、と驚いたものだよ。京都でもそうだろう」

武彦は自分の得意とする職に就けたことで、多少なりとも高揚感に包まれていた。それは夜逃げどうように札幌から逃避行してきた者に一縷《いちる》の光となったのに違いない。試乗は一週間で終了していよいよ単独での営業日を迎えた。

武彦は顔を紅潮させて、早朝、出かけていった。

その朝の食事のとき、晶子が、唇を尖らせて、

「わたし、武彦さんに十万貸したのやけど、まだ返してくれへんの」

存外なことを言うと思った。

「……何のために？」

「由佳さんたちの帯広からの交通費だって」

「あっさりわたしたのか」

「最初はしぶったんやけど、根負けしてしまって」

晶子は吐息をついた。

「……それは返って来る見込みはないだろうな。武彦は身内から借りた金は、借りたとも思わない手合いだから。その望みは棄てたほうがいい」

「あなたから返すように言ってくれへん？」

「無理だよ。あいつはぼくにも借金があるんだから。それに、札幌の市営バスでの横領事件の返却だって全部済んだかどうかわからない。たぶん、いまは、お袋がほそぼそと、肩代わりをして払っているのではないかな？」

「周ちゃんへの借金ってなんやの」

「はっきりはしないんだけど、車で事故を起こしてその賠償金だったと記憶している。八十万だった。容易に出す気はなくて激しい喧嘩になったけど、母さんがぼくに向かって頭をさげて、頼みます、と拝み倒したんだよ。八十万を払わなければ運転免許が取り上げられるかららって」

それはそれで、償いとしてしかるべきものではないのか、と言うと、武彦が逆に声を荒立てて、俺が路頭に迷ってもいいのか、とまるで狼のように吠えた。母は土下座のような恰好をしているし、困ったことになったと思ったものだ。賠償金を支払わないと免許返上ということが嘘だと周平は知っていた。そこで肉親の情が湧いてきて、五十万にさげさせて説得を試みた。とたんに武彦の表情が一変してね。それでいい、恩にきるよ、と頭をさげた。

「そんなこと、あったん」

「結婚前だった。その金がいまだに返済されていない。それに自動車事故のための金とは真っ赤な嘘だった」

「嘘って？」

晶子が耳を傾けてきた。

「武彦は、市営バスの横領で懐《ふところ》が温かいとき、クラブ通いをしていて、そのとき、さるホステスに好意を抱いて、相手が海千山千の女だということに気づかずに、結婚の話までいたったらしい。その女の言いなりになって金銭をみつぐようになった。五十万はそのために使われたという」

応える周平の口のなかには苦汁が満ちてきていた。話しているうちに自分も晶子と同じく騙《だま》された人間のひとりだと思い返し、にわかに武彦にたいして憎しみの念が押し寄せてきた。

京都に逃げて来たからといって、受け入れるのではなかったと悔いた。

「そのホステスさんとはどうなったん？」

「うん。自宅の住所を話してから、彼女のほうが武彦を上手に避けるようになってね、武彦は業を煮やし自宅まで車でいったそうだ。だけど、家は真っ暗でひとの気配などまるっきりしなかったということだ。諦めきれずに何回も家のまわりをうろうろしたらしいが、結局、まんまと騙されたというしだいだよ。因果応報ってとこかな」

「そうね。プロのホステスにとっては、いいカモやったわけやね」

「ああ。困ったやつだよ。KKタクシーでも、また何かやらかすかもしれない」

「お義母《かあ》さんは、ほんとうに、車の事故って思っていたの？」

「そこのところが曖昧《あいまい》でね。訊くといい加減な応え方をする。ただ、いまの自分に八十万を出せる力が無いことがむなしい、とは繰り返し言ってたけどね」

「お義母さんのその言い分は聞き飽きたわ。せっかく相続したお義父《とう》さまのお金を七年間で使い果たしてしまったんやもの」

「そういうことだ。母さんとしては、息子可愛さで、してはいけないことまで口を出してくるんだ。だから、ぼくに土下座してまで訴えるんだよ。まだ、子離れしていない気の毒な母親、っていったところかな」

「うちの母なら絶対断ると思う」

「あのひとならそうだろうね。ぼくもそう思うよ」

「あーあ。十万、損してしまった」

嘆息している晶子を見やりながら、周平はこの先、武彦とどのように接していけばよいか、戸惑いを覚えた。ちょっと目をそらしているうちにいつのまにか自分が崖の縁に立たされてしまっている気がする。また、用心に用心を重ねていても胃の腑のなかの襞《ひだ》に気持が絡め取られて、苦渋を嘗める結果に陥ることになりそうだ。いずれにせよ、明るい先行きを思い浮かべられなかった。

「周ちゃん、武彦さんは、ひとに阿《おもね》るところがあるんよ」

「ときによりだけどな。そうした性癖はあるな」

「唐突に媚びてくるから気色悪い」

「まあ、口先だけだから、聞き流しておけばいい。まさか、諂《へつら》われて十万を貸したんじゃないだろうな」

「悔しいけど、そうなんよ」

晶子が項垂《うなだ》れた。

「けしからんな。……でもお金は永久に戻っては来ないだろう。ぼくの五十万だって同じだもの」

「泣き寝入りやわ」

「そう落胆するな。前科一犯を相手にしているんだから、最初から信じてはダメっていうことだ。教訓として学ばなければ」

周平は兄として貸した金を取り戻すことが出来ないのが歯痒《がゆ》かった。周平も武彦の媚び諂いには嫌悪を感じていた。たった二人の兄弟だが、兄の周平は大学院を修了して大学教員の身であるのに反して、弟の武彦ときたら高校中退者だ。会っても話す話柄に事欠いた。だから周平は武彦をなるたけ避けようとした。だが、武彦はそうした態度は決して取らずに、兄貴、と慕って来た。

あるとき晶子が、兄弟のこうした関係を観察して、

「武彦さんはさみしいんよ、きっと」

的を射たような言葉をつぶやいた。周平がうすうす感じていたことを言ってのけたのだ。

父とのことも思い浮かべてみた。周平には父親との思い出がたくさんあったが、武彦にはないも等しかった。もの心つく頃にはもう父が死んでていたからだ。だからだ、という訳ではないが、武彦は同年代の友達が少なく、中学校の担任の教師に好感を抱いていた。教師の運転で二人してドライヴも楽しんでいた。ボーリングもそうだ。

教師に父親を感得していたに違いない。先生のほうこそいい迷惑だっただろう。

ＫＫタクシーでの武彦の評判はたいへんよいということだ。京都市全体の地理の把握も時経ずに出来、その上なによりも運転が丁寧でほんとうに偶《たま》にだが、客からチップをもらうことがあった。

配車場に車を返し帰宅して、手放しで喜び自慢していた。次第に社内で信用を勝ち得ていった。

武彦は頃合だとみなしたのだろう、家族を帯広から呼び寄せた。妻と子供二人だ。そして、京都六地蔵《ろくじぞう》にある公団の物件を見つけてきてそこで家族を迎えた。武彦としては算段の整ったやり方で、周平は目を見張った。不肖な弟といえども、一家の大黒柱としてのその振る舞いは賞賛に値した。

家族は三日後に京都にやって来た。妻の身になれば夫のきまぐれな生活態度に嫌気がさしていたことだろう。子供がいるから訣れずにいるのだろう。武彦は妻のそこらへんの心情をたくみにさばきながら、これからも一緒に暮らしてゆく方向に持って行くのに必死だったと思う。

武彦は仕事には熱心でまじめに何にでも取り組んだ。しかし、出来ごころを起こすときがあって、それで横領という行為におよぶのだ。おそらく自然に手が金銭に延びるのだろう。羽振りのよい時機があったが、盗んだ金のおかげだった。

今回勤務しているＫＫタクシーでは、まさか過去の失敗を繰り返すことはないだろう、とその働きぶりからみなが願っていた。

そして経営陣から、篤い信頼を得た武彦に、新たな仕事が舞い込んできた。

「兄貴、オレ、タクシーにもう乗らなくてもよくなるみたいだ」

じめじめした真夏の京都の、周平の書斎で武彦が言った。周平は窓から差し込んでくる陽光に手をかざしながら、

「どういうことだ」

訝し気に問うた。

「うん。社長から直に言われたんだけど、系列会社の、富山支店長を、と頼まれた」

「……系列会社って、どういう会社だ」

「『平安ラーメン』といってね、京都を拠点に、近畿や北陸に店を出している、言ってみればチェーン店だよ。そこの親会社がＫＫタクシーなんだとさ」

やっと得心がいった。

「で、そこで何をするんだ」

周平はそちらのほうに関心が集中した。

「富山支店のマスターを任せたい、と言ってきた」

「つまり、責任者、ということか」

「そう。店長だよ」

「武彦の気持はどうなんだ。家族を呼び寄せたばかりなのに」

「だから、相談しているんだ」

「富山か。……遠いな。単身赴任か、それとも見切り発車で一緒に移るかだな。あるいは断るか」

強い調子で言うと、武彦は意地を張ったかのように、

「オレは、引き受けたい」

「それなら、家族ごと引っ越すのが最善だろう」

と、言った。武彦はやっと心境が定まったらしく、表情に張りが湧いた。

「それじゃ、これで決まりだ。うちのやつはついてくるだろうから。そこで兄貴、引っ越し費用を、お願いします」

後半部が媚びた口吻に一変した。

「いや、駄目だ。おまえは、以前に貸した金も返していないし、晶子からも分捕《ぶんど》っているだろう。もう信用は失せている」

「義姉《ねえ》さんが話したんだね。あれほど黙っていてね、と念を押しておいたのに」

「すぐに返せば、晶子だって、口をつぐんでいただろう。ぐずぐずしているからだ。当然の報いだ。支度金として、会社から借りれば済むことだ」

突き離した。

武彦は溜息をついた。転居、転居で、預金が底をついていた。もちろん、妻の貯金もだ。破産宣告をした武彦に金銭的ゆとりがあるはずがなかった。市営バス事件の返金はいまだ結着がついていないらしく、母が肩代わりしているのだろう。母からはしきりと周平に無心の電話がかかってきていた。

周平にしてみれば、武彦という病巣が目のまえから立ち去ってくれる——こんな喜こぶべきことはなかった。

「身体障害の身である者に金銭的負担をかけるなど、言語道断だぞ」

「……すぐにそれを言う。まさに、伝家の宝刀だね」

「おまえにはとっておきの薬だから」

「兄貴さえよければ、オレの腎臓を一個あげてもいいんだよ」

殊勝なことを抜かす。心にもない発言だと顔に書いてある。

「無理しなくともいい。もう金輪際、移植はこりごりだから」

周平は意図的に本音をもらした。武彦にたいしては、出る杭は打つ、に似た感覚を抱いていた。のぼせあがるな、と告げたかった。

「せっかく店長に抜擢されたんだから、しっかり勤め挙げなくては。これまでそうしたことはなかったのだから」

「うん、頑張るよ」

その物言いにはある種の決意を秘めたものが潜んでいた。胸の奥からえぐり出された声音だった。

武彦の妻の由佳はおとなしい性格の女《ひと》で、夫のあとにつきしたがっていくタイプの女性だった。決して容姿端麗とは言い難かったが、その控えめな性質が表情に出て悪い印象は与えなかった。

「まず、由佳さんの承諾を得るのが先決だろう。苦労ばかりかけているんだから」

「ああ。家内にはいつも申し訳なく思っている。富山に行って心機一転のつもりだ。兄貴にも迷惑をかけました。それに義姉さんにも」

「ぼくへの借金はまあいいとして、晶子にはきちんと返してやってくれ」

「……出来る限りのことはするよ。それにしても、会社は支度金を出してくれるかなぁ」

武彦は腕を組んで考え込んだ。

「押しの一手だな。やってみろよ」

周平の応えは実にありきたりのものだったが、この時点ではそう告げるしかなかった。これまでの武彦の行状から推してほかに術が見当たらなかった。自業自得なのだ。幼い子供二人を引き連れ、よれよれになって転居を重ねて行く由佳の労苦が脳裡を駆け抜けた。武彦と結婚した、ただそれだけのことなのに、予想外の心労を負わなければならない。さぞ、理不尽に思っていることだろう。

「由佳さんや子供たちのことを大切にな」

「うん。肝に銘じるよ」


こうして武彦一家は、富山に移っていった。わずかだが支度金が下りたという。晶子への返済は、結句、見送りになった。晶子はぼやいたが、自己責任だ、と思わぬ言葉が周平から飛んだ。それは周平とて同じだった。巧妙な語り口で金を引き出させる武彦の術中に落ちた訳だから。

オレの腎臓を一個あげるよ、という言葉もあざとく聞こえただけだった。真の思いやりから発した言葉ではないと見破るのは容易だった。あの調子の良さが払拭されて、他人《ひと》に誠実に接することが出来れば、件《くだん》の胡散臭《うさんくさ》さは消し去られるであろうに。それは武彦の今後の、特に富山での、店長としての責務を果たす際の課題となろう。このことをどれくらい本人が自覚しているのか――それが懸念材料だったけれども。

武彦からは、富山で借家だが一戸建ての家を構えた、その玄関で親子そろって写した写真が届いた。みな笑顔で富山での新生活を楽しんでいる様子がうかがえた。由佳も立て続いた引っ越しの疲れも見せず、武彦に寄り添っていた。

周平は晶子に写真を見せて、今度こそこの店で無事働きとげてほしいものだ、と言った。晶子も、そう思うわ、と頷いた。

「それと、周ちゃん、店長になった折りの保証人にはなりはっていないわよね」

「なっていない。これは、ＫＫタクシー内部の人事異動の類だから、ぼくには関係がないよ」

「よかった。念のため、というから」

「そうだな。もしも、がまたあるかもしれないし。ぼくは、金輪際、ないと信じているけど」

「そうあってほしくあるね」

晶子は半信半疑だ。十万円のことで懲《こ》りたようだ。

一年後、とつぜんKKタクシーから電話がかかってきた。晶子が最初受話器を取ったが、すぐに周平に替わった。先方の声がどこか苛立って耳に入って来た。

「多田武彦さんのお兄さんですか？　KKタクシーで平安ラーメン部を担当している曽我部《そがべ》と申します」

「兄の多田周平です」

「弟さんの武彦さんは、いま京都においででしょうか」

唐突な質問に周平は胸騒ぎがした。

「武彦が何か？」

「平安ラーメンの富山店に顔を見せなくなってから一週間になるんです。加えて、売り上げ金が大量になくなっている」

「武彦が盗んだ、ということでしょうか」

「……ええ、それしか考えられないのです。弟さんのご家族にも連絡したのですが、旅に出ると言った切り、戻っていないそうなんです」

またやったか。今回は行方をくらましたとは。ふと、母の顔が思い浮かんだ。武彦は札幌に逃げたに違いない。

「具体的には何をやったのですか」

「パートの店員に尋ねたところ、店員たちの給与が少ないから本給に三万円も上乗せして支払い、と同時に自分の取り分も多くしたというのです」

「それはいかほどですか」

「十万です」

「…………」

「それを、弟さんは半年続けてふといなくなったのです」

「じゃ、六十万の横領ですね」

「そういうことになります」

「富山店はいまどうなっていますか」

「はい。普通に営業しています。ただ、店員たちに動揺が見られます。弟さんの、あの調子のよい喋り口調にすっかり煙にまかれて、店長として尊敬していたということです」

口のうまい武彦に店員たちは安心して仕事に精を出していた。そこに三万円を、寸志として加算したのだろう。

「お兄さん、これは明らかに犯罪ですので、弟さんからの返金が一か月以内でなければ、司直に事の是非を問う所存です」

「一か月以内なら裁判沙汰にはならないのですね」

「そのつもりです。どうかお兄さんの手で見つけ出してください。よろしくお願いします」

そこで電話が切れた。

横でじっと耳を澄ましていた晶子が、いの一番に言うには、周ちゃん、平安ラーメンの件では保証人でも何でもなかったからひと安心ね、だった。

「そうだよ。曽我部さんという担当のひとは丁寧な言葉遣いだったけど、声の底には憤りが潜んでいたからね。無理もないけど。たぶん、武彦は札幌へ逃げたと思う」

「どうしてなのかしら。せっかく店長の椅子に腰を据えられたのに」

晶子は首を傾げながらも、自分も十万を騙し取られていたので、憮然としている。

「病気の再発だろうな。パート店員の給料に奨励金を出して、良いことをした、と自分自身得心したうえでの横領だから、武彦は、低賃金の者を救ってやったという義侠心めいた心境にあると思うな。自分の犯した罪は、その点で半減して、言い逃れの体のよい口実となる。厄介なことをしでかしてくれたもんだ」

周平は武彦が北へ向かって、何かを振り切るように逃げていく姿を想い浮かべた。実の弟ながら、こうした悪行をどうしてやめられないのか。

「困った奴だなぁ」

最後はいつもこの言葉で締め括られる。

周平は母に電話をかけた。受話器の向こうの母は清澄な高音で、元気かい？　透析は順調かい？　と聞いてくる。いつものパターンだ。周平は、たとえそうでなくとも、元気にやっている、と返した。

「ところで母さん、タケがそっちに行っていない？」

「……いいえ。……何かあったの」

母はしばし言いあぐねてから応えた。

「また、困ったことをやらかしてしまったようでね」

周平は包み隠さず話そうと思っている。

「お金のことかい」

「うん。富山の店の売り上げの一部を奪って逃走中らしいんだ。それで、母さんのもとに身を寄せているんじゃないか、と思ってさ」

「来てないわ」

強く否定した。

「ほんと?」

「ええ。嘘なんかついていない」

意味ありげな声音だ。

「じゃ信じるよ。それでもし、タケがやって来たら、一か月以内にお金を全額返金した場合、告訴はしない、と平安ラーメン担当の曽我部というひとが言っていた、と伝えてほしい」

「……わかった。一か月以内ね」

「そう。頼むよ」

周平は受話器を置いた。どこをどう逃げ回っていることやら、見当がつきかねた。

晶子に富山に連絡を取ってみてくれと頼んだ。由佳は家にいた。

「義姉さん、武彦さん、帰って来ないんです」

そう由佳が晶子に訴えているのが、頷きながら返答をしている晶子の言葉からうかがえた。

「武彦さんの行きそうな場所は?」

由佳はわからない、と言っているのだろう。晶子が同情した口調になっている。

「いいえ、京都には来ていない。さっき札幌にも電話をしたけど、同じだった」

晶子は一か月以内の返却の件をゆっくりと話している。そして、気持を強く持って、という言葉で結び、受話器を下ろした。

「由佳さんもたいへんね。札幌から夜逃げ同然で、親元の帯広に向かい、その次は京都。六地蔵の公団で落ち着いたと思ったら、休む暇もなく、富山へ。これじゃ、たまったものじゃない。身が持たないわね」

吐息をもらした。

「身も蓋もないだろうさ」

周平はそう言って、このようなとき、一回四時間の透析が一種のオアシスに変容していることに改めて気づくのだ。治療中はただ、ベッドに横たわっているだけで、あとは器械がすべてを賄《まかな》ってくれる。されるがままだけど、自分という存在は堅持出来る。

開始してから一時間くらい経つと、頭がもうろうとして来て、眉間に麻酔をかけられたような曖昧模糊とした世界に沈潜してゆく。睡魔とはちょっと異なった眠気が脳に差し込み、目を閉じたり開けたりしながら、だんだん見知らぬ闇夜へと没入していって、意識が途絶える。

外部では器械による、自分の血液と外部から流れてくる透析液が人工腎臓のなかで濾過し合っている。うつらうつらしているうちに早晩眠気から覚めると、ときに下半身、わけても足の裏がピリピリとして、いままさに二つの種類の液体どうしで透析（濾過作用）が行なわれている、という実感が湧いてくるのだ。

その際のむず痒かったり、痛かったりする感覚は、これが続けば足かもしくは脹脛《ふくらはぎ》がつると想わせるほどに激しいものだが、その部分にだけ明かりが点って、盛んに己を主張してくるのだ——そう認識すると気分も楽になった。ともあれ、なか一日空いたことで、しぜんに集まって蓄積した水が除かれていく。もはや尿の出るからだではないのだから。

この四時間こそが自分に与えられた、誰にも邪魔をされない、一切の雑事から解放された、至極贅沢な時の経過なのだ。

慣れてくると、週三回の透析治療がもはや日常のひとこまにはまり込んで、次回の治療が待ち遠しくなる。透析終了後の除水されたからだが生み出すすがすがしさは、言葉では容易に表現出来かねる種類の、清澄な息吹だった。

しかし、それと符牒を合わせるように、全身から異様な、いや、面妖な、焼けた硫黄の臭いが立ち上って来る。晶子に尋ねると、それは尿素窒素による悪臭だという。濾され切れずに体内に残る滓《かす》とのことだ。

「滓？　具体的には何だ？」

「タンパク質の残滓のこと。ゆで卵に似た臭気が漂うでしょう」

「からだを動かすと、おのずと臭ってくる」

「栄養が摂れている証拠やん。べつだん気にしなくてもいいんよ」

「そうか、それならいいが……嫌なもんだ」

とうとう一か月経っても武彦は姿を見せず、起訴された。

報せは富山の由佳の許に直接届いた。由佳からの半べそをかいた電話で周平は知った。これで武彦は捜査線上に挙がったことになる。写真での手配も始まるだろう。札幌で起こした事件と同様な扱いだ。着替えも何も持たずの逃走に違いない。六十万ですらいつまでも残っているわけでもないだろう。

百歩譲って武彦の立場に立てば、きっとパート店員たちの給与が安すぎたのを見かねて、三万円を寸志とした——正鵠を射ているかどうかは不明だが、ちょっとした男気《おとこぎ》を店長として見せたかったのかもしれない。だが、それが店の売り上げであって、さらに、自分の分（一か月、十万、半年分）を盗《と》ったのだから始末におえない。

兄貴にオレの腎臓ひとつ、あげてもいいよ、と大言壮語《たいげんそうご》した際のにやけた口許が蘇る。虚言で固めた人生をいつまで送り通せると思っているのか。

訴えられてから、二週間経った、ある晩、もう夏の終わりだったが、その夜はまだ残暑が厳しくてエアコンをフル活動にしておいた。その熱さを切り刻むように電話が鳴り響いた。

悪い予感を覚えながらも周平が出た。

「オレ」

「……タケか？」

「うん。いま富山にいる」

「いったいこれまでどこをほっつき歩いていたんだ」

「札幌にいた」

「……札幌のどこに？」

「母さんのところに決まってるだろう」

「来てない、と話してたぞ」

「あの電話は知っている。傍にいたから」

「なに！」

「どこへも行くところがなくてさ」

「母さんから訊いたと思うが、逃走後一か月以内に六十万を会社側に返却しないと裁判沙汰になる。そのことは知っているんだろうな」

「ああ。……もう期限切れだね」

平然とした応対だ。

「六十万のほうはどうした？」

「遊んで使っちゃったよ。いまは一文なしだ」

いったい六十万ほどの大金を一か月余でどんな遊びにつぎ込んだものか。周平の想像を超えた領域だ。

「ところで、由佳さんや子供たちは、どうしてる。おまえの帰りをずっと待っていたんだが」

「……蛻《もぬけ》の殻《から》さ。どこかへ行っちまったよ。鍵は持っていたので入れたけどね」

「そんなことでいいのか」

周平は怒りを噴出させた。

「どうもこうもないよ。逃げて行ってしまったんだから」

それはおまえのせいだろう、と追い込んでしまおうと考えたが、とっさに思い留まった。

その代わりに落ち着いた口調で、

「これからどうするのだ。日本の警察は優秀だから、すぐに見つかって、手が後ろに回るぞ」

「逃げまくるだけさ」

「出頭するほうが無難だぞ」

「…………」

このあと周平は事件のあらましを問い質した。それは周平が百歩譲って想像した内容とそっくりだった。武彦は、パートの従業員が気の毒で賃金を上乗せしたと白状した。そして自分も盗《と》ったということも。武彦の世渡りの術として、このやり方がもっとも自分の立ち位置を際立たせるものだと思われる——弱者を助けるつもりで私腹をも肥やす——というやり口。市営バスのときの手口より進歩した、と言える。

「お前の部下を慮《おもんぱか》る気持はある程度わかる。だけど、それは劣悪な犯罪だ。おまけに私腹も肥やすとは」

「兄貴よ、もうあれこれ言っても始まらないんだ」

とつぜん、観念した口調に変わった。周平はすでに告訴されているのだから富山署への自首を再度促した。だが、武彦は無言のまま電話を切った。

由佳たちはどこへ行ったのだろうか。たぶん、帯広の実家だろう。そして武彦の許に戻ることはもうないに違いない。武彦も妻の行方を知っていても呼び戻す気力もさらさらないし、道理も立たないはずだ。

周平はKKタクシーに武彦が富山に戻っていることを告げたほうがいいかどうか迷った。手錠をかけられる弟の姿ほど哀れを誘うものはない。札幌の母もこのたびの一件でも、過日の事件同様、息子の身をかばった。自首の説得もしなかったと忖度《そんたく》される。ひたすら息子可愛さで、目が曇ってしまっている。子離れ出来ていない母親の気の毒な有り様。

晶子に相談すると、躊躇《ちゅうちょ》していないで富山署に通報したほうが武彦のためになる、と言い切った。

「同時にKKタクシーにも知らせたら、一件落着だわ」

「そうだな。そうするしかないな」

周平は身内への思い入れを、この際、断ち切って翌朝富山署に電話を入れた。

先方は承知しました、身柄を確保しましたらご一報を差し上げます、と早口で言い、周平の家の電話番号をメモした。周平はKKタクシーの平安ラーメン部の曽我部にも伝えた。

もはや、時間の問題となった。

武彦の富山の家には出向いたことがないので、造りや間取りなどまったくわからなかったが、なぜか、奥の部屋で隠れ潜んでいる武彦のみじめな風体が想い浮かんだ。そこへ踏み込んできた刑事や警官に捕《とら》えられてしょんぼりした、悪癖に振り回され続けたあわれな身なりの弟が、眼窩《がんか》に映った。


武彦は、周平が電話をしたその日のうちに身柄を拘束された。

富山署に連行されて事情聴取に入っている、との一報がもたらされた。

安堵した。一年間くらい臭い飯《めし》でも食らってくればいいのだ。周平も晶子もそう念じた。

周平は件の通り、透析に出かけた。

治療中は血液が体内を循環するので、いつものように眠気に襲われてしまう。武彦のことなどすっかり忘れ去っており、快適な心地になるのだ。

本書は書き下ろしです。

装丁＝小川惟久

澤井繁男（さわい・しげお）
1954年札幌市生まれ。道立札幌南高校から東京外国語大学を経て、京都大学大学院文学研究科博士課程修了。イタリア・ルネサンス文学・文化専攻。東京外国語大学論文博士（学術）1999年。「雪道」で、『200号記念・北方《ほっぽう》文藝賞』『第18回北海道新聞文学賞佳作』受賞。ともに、1984年。その後『三田文学』、『海燕』、『新潮』、『文學界』に作品を発表する。イタリア・ルネサンス関係の主な著訳書に、『ルネサンスの知と魔術』山川出版社（第3回『地中海学会ヘレンド賞[奨励賞]』受賞、1998年）、E・ガレン『ルネサンス文化史』平凡社、その他多数。織田作之助青春賞選考委員（2005-09年）。
現在、関西大学文学部教授。

【既刊作品集】
『旅道《たびみち》』編集工房ノア、1984年（「雪道」所収）
『実生《みしょう》の芽』白地社、2000年
『一者の賦』(京都新聞朝刊連載小説)、未知谷、2004年
『時計台前仲通り』編集工房ノア、2004年
『鮮血』未知谷、2004年
『天使の狂詩曲』（医療ファンタジー）未知谷、2007年
『鬼面・刺繍』鳥影社、2010年
『イルミネイション』風濤社、2012年
『若きマキァヴェリ』東京新聞社、2013年
『絵』鳥影社、2015年

復帰の日

2016年9月15日　初版第1刷印刷
2016年9月20日　初版第1刷発行

著　者　澤井繁男
発行者　和田 肇
発行所　株式会社作品社
〒102-0072
東京都千代田区飯田橋2-7-4
Tel : 03-3262-9753　Fax : 03-3262-9757
http://www.sakuhinsha.com
振替口座 00160-3-27183

印刷・製本　中央精版印刷株式会社

ISBN978-4-86182-595-8　C0093